Durban, Südafrika. Ein letzter Blick auf die schlafende Merete, bevor Andreas das Hotelzimmer verlässt, und wie beiläufig ist es da, das Ende ihrer gemeinsamen Geschichte. Einer Liebesgeschichte, die vor neun Jahren beinahe ebenso wortlos und selbstverständlich ihren Anfang genommen hat. Aber wie und womit hat es wirklich angefangen?

»Fernab von Pathos schafft die Autorin Momentaufnahmen der verzweifelten Innigkeit.« NZZ

Ruth Schweikert wurde 1964 in Lörrach geboren und ist in der Schweiz aufgewachsen. Heute lebt sie mit ihrer Familie in Zürich und ist als Schriftstellerin und Theaterautorin tätig. Von ihr erschien 1994 der Erzählungsband ›Erdnüsse. Totschlagen‹, 1998 der Roman ›Augen zu‹ und 2005 der Roman ›Ohio‹. 1994 erhielt sie beim Ingeborg-Bachmann-Wettbewerb das Bertelsmann-Stipendium und 1999 den Preis der Schweizerischen Schillerstiftung. Zuletzt erschien 2015 der Roman ›Wie wir älter werden‹.

Weitere Informationen, auch zu E-Book-Ausgaben, finden Sie bei www.fischerverlage.de

Ruth Schweikert

Ohio

Roman

FISCHER Taschenbuch

Die Autorin dankt Wolfgang Kersten und Osamu Okuda, deren umfassender Untersuchung *Paul Klee. Im Zeichen der Teilung* sie viele Anregungen verdankt.

MIX
Papier aus verantwortungsvollen Quellen
FSC® C083411
FSC
www.fsc.org

2. Auflage: Mai 2015

Erschienen bei FISCHER Taschenbuch
Frankfurt am Main, Juni 2007

Erstveröffentlichung im
Ammann Verlag & Co., Zürich 2005

Druck und Bindung: CPI books GmbH, Leck
Printed in Germany
ISBN 978-3-596-17293-1

Für Egon Ammann

1

Aber wie und womit hat es angefangen«, hatte Merete gesagt, und ihre Stimme war plötzlich weich geworden und dunkel wie früher manchmal. Ihre Lippen waren ausgetrocknet, der linke Mundwinkel hatte sich entzündet, und Andreas dachte daran, wie sie am Anfang ihrer Liebe einander gefüttert hatten, mit Tomaten, Käse und Weißbrot, wie Eltern ihre kleinen Kinder füttern, die so klein und so neu sind, daß man sie unentwegt ansehen und füttern muß, damit sie nicht gleich wieder aus dieser Welt verschwinden. Und für acht, neun, zehn, elf helle Herzschläge hatten sie einander angesehen, im gelben Licht der beiden Nachttischlampen des Blue Waters Hotels: erschöpft, beinahe zärtlich, traurig und erstaunt, als könnten sie alle Erinnerungen, so wie sie waren, versiegeln für den Rest ihres Lebens und noch einmal beginnen, aufmerksamer, mitleidiger vielleicht, klüger und genauer.

Andreas sah auf den Radiowecker, der in die hochgezogene Kopfleiste des Hotelbetts eingebaut war. Die Leuchtanzeige sprang von zwei Uhr neunundfünfzig auf drei Uhr null null. Es war der 16. Oktober 2001. Merete war endlich eingeschlafen.

Nicht so, wie sie jetzt waren, korrigierte er sich, für immer beschädigt, nachdem geschehen war, was geschehen war, müßte man die Erinnerungen versiegeln können – als Kind, er war sechs oder sieben, hatte er das winzige Herz seines ersten Hamsters versiegelt; mit rotem, zischend heißem Lack, der Blasen warf, bevor er sich blitzschnell verfestigte –, sondern so, wie sie über die letzten neun Jahre hinweg und bis zum Anfang dieses Sommers gewesen waren: kompakt, rund und schimmernd. Erinnerungen wie Gegenstände, die man in die Hand nahm und mit den Fingern befühlte, wie Amalia und Roberto die Steine ihres Rosenkranzes befühlt hatten, wenn sie abends gemeinsam beteten, bevor sie Hand in Hand einschliefen. Amalia und Roberto Lazzaroni – Andreas' Großeltern – waren beide 1956 gestorben, neun Jahre bevor Helene und Andreas geboren wurden. »Immer haben sie gebetet, jeden Abend?« hatte er als Kind seinen Vater gefragt, und sein Vater hatte es ihm lachend bestätigt, »*sempre,* meistens allerdings mußte Roberto eine halbe Stunde später wieder aufstehen, weil er als Nachtportier gearbeitet hat.«

Wenn Andreas und Merete miteinander geschlafen hatten, legte Merete ihren Kopf auf seine Brust, und sie redeten von früher. »Weißt du noch«, sagte Andreas, »daß du mich am Anfang für einen Perversling gehalten hast? Du wußtest noch nicht, daß ich Gynäkologe werden wollte, und hast mir erzählt, wie pervers du es findest, wenn Männer an fremden Schamlippen herumfummeln.« »Und weißt du noch«, sagte Merete – sie hob den Kopf und sah ihn an mit ihren immer leicht spöttischen, moosgrünen Augen –, »wie du erschrocken vor ihm zurückgewichen bist, als Jonathan zur Welt kam und aus mir rausflutschte wie ein

Fisch, und wenn die Hebamme ihn nicht aufgefangen hätte, wäre er glatt auf den Boden gefallen?« Dann lachten sie beide, drehten sich auf die Seite und wünschten einander eine gute Nacht. Minuten später schliefen sie ein, Rücken an Rücken. Da sie beide nicht an einen Gott glaubten – weder Merete noch Andreas hatten das Bedürfnis oder die Fähigkeit, sich als Teil eines großen Ganzen zu sehen, wo jedes Ding, jeder Mensch seinen Ort und Sinn fand wie in einem Puzzle –, war ihr kleines Ritual, die gemeinsamen Erinnerungen aufleben zu lassen, alles, was sie besaßen. Eine schmale, höchst private Religion, die sie wappnen sollte gegen die Zukunft; gegen das, was sie von ihr wußten – daß ihre Körper, ihre Leben und ihre Ehe mit jedem Tag älter wurden –, und gegen das, was sie nicht von ihr wußten: wie es sich zeigen und wie sie es ertragen würden.

Durch die halboffene Balkontür im Wohnzimmer der Suite hörte man das Meer, den Indischen Ozean; ein sanftes gleichförmiges Rauschen. Die Klimaanlage surrte. Merete schlief tief und fest. Sie würde kaum vor Mittag erwachen; der Gedanke erschreckte und beruhigte ihn gleichermaßen. Merete hatte keine Zeit mehr gehabt, sich auszuziehen, sie trug noch immer ihr leuchtend orangerotes Etuikleid. Ihr Mund stand offen, die langen muskulösen Arme hatte sie über dem Kopf gekreuzt, die nackten Beine lagen ausgestreckt auf der Wolldecke. Die Haare fielen ihr ins Gesicht und über die Schultern, ein dichter dunkler Teppich, von einzelnen grauen Strähnen durchsetzt, und Andreas dachte an einen Song von Bob Dylan, *I come to understand that every hair is numbered like every grain of sand.* Das Album hieß *Shot of Love* und war 1981 erschienen, solche Dinge wußte er auswendig, Merete hatte sich oft darüber amüsiert.

Wie lange brauchte man, um jemandes Haare zu zählen? »Wie lange braucht man, um bis zu einer Milliarde zu zählen?« hatte Jonathan ihn am 6. Oktober gefragt, »wenn ich jetzt anfange, bist du dann wieder aus Durban zurück, wenn ich damit fertig bin?«

Andreas hatte bis hundert gezählt und die Zeit gestoppt. Wenn man Tag und Nacht zählte, sagte er, dauerte es mindestens fünfzehn Jahre, bis man bei einer Milliarde ankam, und wenn man berücksichtigte, daß die Zahlen immer länger wurden, vielleicht sogar zwanzig.

1981 waren sie beide sechzehn gewesen, Merete in Zürich und Andreas in Celerina. Wenn jemand nicht wußte, wo Celerina lag, sagte er gerne: Celerina liegt am Arsch von St. Moritz, da wo die legendäre Bobbahn die Schlitten aus ihren verschlungenen Gedärmen entläßt. In Zürich hatten sich damals ein paar Tausend Jugendliche die Köpfe eingerannt, bis sie blutig waren, ernüchtert oder betäubt. Merete hatte sich der Bewegung angeschlossen, wenn auch spät, die heftigsten Krawalle, die schlimmsten Zusammenstöße mit der Polizei waren schon vorbei. Aus dieser Zeit gab es eine bizarre Serie fast identischer Fotos von ihr; sie stammten alle von Max Huber, Meretes Vater. Es war Hochsommer, einer jener Tage, die einen beschämen und entmutigen mit ihrer verschwenderischen Schönheit, dem tiefblauen wolkenlosen Himmel, der flirrenden Hitze. Merete stand im Garten ihres Elternhauses am Zürichberg. Sie war brandmager. Die schwarzen Haare millimeterkurz geschnitten, die Augen dick mit schwarzem Kajal umrandet, hatte sie die Arme über den Brüsten verschränkt und blickte demonstrativ verächtlich auf den gepflegten Rasen. Im Vordergrund leuchteten filigrane gelbe Mädchenaugen und andere Sommerblumen, deren Namen Andreas vergessen hatte. Merete trug klobige Bergschuhe, schwarze Manchesterhosen und einen langärmligen schwarzen Rollkragenpullover; Andreas wußte, daß sich darunter Brandmale und Schnittwunden verbargen, die sie sich selber zugefügt hatte. Das Gesicht hatte sie dick mit einer weißen Paste eingeschmiert – sie sollte die Pickel austrocknen –, ihr großer Mund war dunkelrot geschminkt, und das alles zusammengenommen führte dazu, daß sie eher einer tragisch-schönen Heldin aus einem Stummfilm ähnelte als der trotzigen Rebellin, die sie so verzweifelt gern gewesen wäre. Schräg hinter Merete stand Silvia Huber, Meretes Mutter. Sie trug einen knappen Bikini und war tief gebräunt. Sie war etwas über vierzig, hatte blaue Augen und eine blonde Mähne, die dezent verrucht auf Farah Fawcett getrimmt war. Mit einem säuerlichen Lächeln sah sie an Merete vorbei direkt in die Kamera.

Wie war es möglich, dachte Andreas, daß Merete nie auf die Idee gekommen war, daß Max und Silvie – wie alle sie nannten – nicht ihre leiblichen Eltern waren?; nun gut, Max war ein südländischer Typ; wie war es möglich, daß er selbst monatelang nicht auf die Idee gekommen war, daß Merete sich in einen anderen Mann verliebt hatte? Er hieß Peter Schmied und war fast zwanzig Jahre älter als sie.

Außerdem war er verheiratet und ziemlich unattraktiv – falls sie nicht schamlos log. Dieser Mann, Peter Schmied, hatte sich zunächst offenbar geweigert, mit Merete zu schlafen, und irgendwann später hatte er sich nicht mehr geweigert; so einfach konnte man die Dinge benennen.

Bevor Merete eingeschlafen war, hatten sie ihr Frage-und-Antwort-Spiel fortgesetzt. Merete hatte ihr Kleid glattgestrichen – wie eine Grundschullehrerin am Elternbesuchsmorgen, dachte Andreas, die hübsch und adrett wirken möchte, aber auf keinen Fall sexy. »Machen wir weiter«, sagte sie, »wo waren wir. Ach ja. Suchen Sie in den Dingen, die Ihnen zustoßen ohne Ihr Zutun und ohne erkennbare Ursache – daß wir beide jetzt ausgerechnet hier sind zum Beispiel, in der Suite *forteensixteen* des Blue Waters Hotels in Durban –, suchen Sie darin nach einer versteckten Botschaft Ihres persönlichen Schicksals, oder behandeln Sie solche Geschehnisse als reine, bedeutungslose Zufälle?«

Daß sie sich siezten, war vielleicht lächerlich. Aber es gehörte zum Spiel, und sie hatten es beide gebraucht, dachte Andreas, auch wenn es nicht half. Früher und anderswo hatte es manchmal geholfen. Die Spielregeln waren einfach. Es ging darum, daß man so tat, als wüßte man nichts voneinander. Aber anders, als wenn man sich eben erst kennenlernte, gab es keine Tabus. Man konnte alles fragen, und jede Frage mußte beantwortet werden. Natürlich konnte man Dinge erfinden. Was machen Sie beruflich? (Merete sagte, sie sei Schriftstellerin, und Andreas zuckte zusammen; hatte nicht Peter Schmied als junger Mann drei Romane veröffentlicht?) Mögen Sie die Filme von Andrej

Tarkowski? (Andreas – sein Lieblingsfilm war *Stalker* – behauptete, noch nie etwas von Tarkowski gehört zu haben, er bevorzuge Actionfilme.) Wie fühlen Sie sich unmittelbar nach einem guten Fick, geschwächt, gestärkt oder einfach entspannt? Warum haben Sie aufgehört zu rauchen? Gibt es Entscheidungen in Ihrem Leben, die Sie, von heute aus betrachtet, eindeutig für falsch halten, und wie gehen Sie damit um, daß sie nicht mehr zu ändern sind? Warum sind Sie ausgerechnet Gynäkologe geworden? (Weil er herausfinden wolle, wo die Menschen herkamen, sagte Andreas, er sei geradezu süchtig nach dem allerersten Blick.) Welche Tageszeitung lesen Sie? Können Sie sich vorstellen, Kinder zu haben? (Nein, sagte Merete, sie sei überzeugt, daß sie zu sehr mit ihren eigenen Dingen beschäftigt sei, um eine gute Mutter zu sein.) Mögen Sie Zimteis mit eingemachten Zwetschgen? (Er habe einen simplen Geschmack, sagte Andreas.) Was war Ihre allererste Empfindung, als Sie die Türme des World Trade Centers einstürzen sahen? (Ein flaues Gefühl in der Magengrube, sagte Merete, etwas, das zwischen Erregung und Abscheu hin- und herflitzte.) Können Sie sich an die letzte Zigarette erinnern, die Sie geraucht haben? Waren Sie schon mal auf einem Bob-Dylan-Konzert? Wovor haben Sie eher Angst: vor der Zukunft oder vor der Vergangenheit? (Es gibt keine Zukunft, sagte Andreas, Zukunft ist eben das, was es nicht gibt.) Wann zuletzt waren Sie glücklich? Haben Sie Geschwister? Halten Sie die direkte Demokratie für die beste aller Staatsformen? (Für die ungefährlichste, sagte Andreas.) Wofür schämen Sie sich? (Ich schäme mich dafür, daß ich meinen Eltern vertraut habe, sagte Merete.)

»Gibt es etwas Präziseres als den Zufall«, hatte Andreas gesagt, »nein, ich suche nicht nach einer persönlichen Botschaft, das wäre zynisch angesichts der Weltgeschichte. Der Zufall Ihrer und meiner, jeder Existenz hat keine Bedeutung per se, wir können ihm nur eine geben, indem wir ihn annehmen.«

»Bravo«, sagte Merete matt, »das klingt ja wie aus dem Lehrbuch.« Und sie hatte sich, schon unerreichbar müde, zum Fenster gedreht, in dem das Kingsize-Bett, auf dem sie lagen, ihr halbnackter und sein nackter Körper sich spiegelten; zwei Körper, die weder schön aussahen noch häßlich, weder alt noch jung, bloß schemenhaft wie auf einer verblichenen, doppelt belichteten Fotografie. Und kaum hörbar, als erwarte sie längst keine Antwort mehr, als komme jede Antwort zu spät, hatte sie die letzte Frage nochmals gestellt, »aber wie und womit hat es angefangen, was Ihnen so un…, so uner…«, und mitten im Wort war sie abgetaucht und verschwunden im ruhigen fernen Atem des Schlafs.

Fotos aus den Achtzigerjahren zeigten Andreas als ausgesprochen hübschen Teenager. Er war brünett, das Gesicht kantig und schmal, der Mund entschieden und klar konturiert. Über den mädchenhaft geschwungenen Wimpern fielen ihm die lockigen, fast schwarzen Haare tief in die Stirn; beides ein Erbe der italienischen Großeltern väterlicherseits. Schon als er sieben oder acht war, wußte er alles, was es über diese Großeltern zu wissen gab. »Die schönen Wimpern hast du von deiner Nonna Amalia«, sagte seine Mutter bei jeder Gelegenheit und wies stolz auf die Kommode, wo Amalias Jugendporträt stand. Es war gerahmt, der Holzrahmen war mit Blattgold überzogen. Die Fotos von ihren eigenen Eltern lagen in einer alten Schuhschachtel zuunterst im Kleiderschrank der Mutter. Tagsüber schloß sie das Schlafzimmer ab; nachts erwachte sie, sobald irgendwo im Haus die Holzdielen knarrten. Andreas hatte seine Mutter noch nie schlafend gesehen. Wenn er mit Halsweh erwachte oder schlecht geträumt hatte und zögernd die Tür zum Elternschlafzimmer öffnete, saß sie schon aufrecht im Bett und streckte die Arme nach ihm aus. »Und deine wild wuchernden Locken«, ergänzte sein Vater, »hast du deinem Nonno Roberto vom Kopf gestohlen; *il mio povero papà* war praktisch kahl, als er starb, und war doch noch keine sechzig.« Andreas wußte, was jetzt kam; es war wie in der Messe, die sie manchmal besuchten, die Lieder und Gebete folgten einander nach einem vorgegebenen Plan, den man nicht zu verstehen brauchte und von dem dennoch etwas seltsam Tröstliches ausging. »Von meiner Seite«, bekräftigte Almut zufrieden, »hast du jedenfalls rein gar nichts geerbt, und dafür kannst du dich bei dem da oben bedanken, falls es ihn gibt.«

Helene stand in der Küche vor dem offenen Kühlschrank. Die Augen unverwandt auf Milch, Butter und Käse gerichtet, wickelte sie eine dünne Strähne ihrer aschblonden Haare so lange um den rechten Zeigefinger, bis sie fast rechtwinklig vom Kopf abstand. »Laß das, Amore«, sagte Almut sanft, und Helene begann seelenruhig eine zweite Haarsträhne aufzuwickeln. Die Mutter seufzte, versprach Helene ein Stück Schokolade, wenn sie endlich damit aufhöre, und machte den Kühlschrank zu.

Helene gehorchte. Sie lächelte; leise, triumphierend, bitter. Sie liebte Schokolade über alles. Amore ist anders, hatten die Eltern Andreas erklärt. »Mongoloid« hatten es die Ärzte des Kreisspitals Samaden genannt, wo die Zwillinge zur Welt gekommen waren. 1866 hatte der englische Arzt Langdon Down erstmalig das klinische Bild des Mongolismus beschrieben. Er hielt die Behinderung für die Folge eines Degenerationsprozesses, den er auch bei einzelnen Rassen wie zum Beispiel der mongolischen konstatierte; daher, schloß er, die Ähnlichkeit in der Physiognomie. Erst als Andreas und Helene in die Pubertät kamen und sich die Begriffe immer weiter von den Dingen entfernten, die sie bezeichneten, begannen auch Almut und Michele vom Down-Syndrom zu sprechen, und Andreas verwendete, seit er Medizin studierte, nur noch den wissenschaftlich genausten Begriff, Trisomie 21.

Frisch verheiratet, hatten Amalia und Roberto Lazzaroni im Frühsommer 1920 ihre Heimatdörfer in den Bergen oberhalb von San Pellegrino verlassen, um in den Grandhotels des Oberengadins Arbeit und Existenz zu suchen. Amalia packte den Koffer, Roberto schnallte ihn auf den Rücken, und als sie ihn zwei Tage später in Celerina wieder auspackten, war er leer. (Noch Jahre später stritten sie gerne darüber, hatte Amalia heimlich den Koffer geleert, oder war es Roberto gewesen, und weshalb hätte er das tun sollen?) Amalia lachte. Sie öffnete die zwei oder drei obersten Knöpfe ihres Baumwollkleids, hob eine Brust, die linke, vollere, aus dem Unterhemd und bot sie Roberto dar, der diese Geste – nicht die Brust selbst, die Erinnerung an sie veränderte sich, unmerklich, mit jedem Mal, wo er sie ansah oder seine Hand sie umfaßte und er Amalias Herzschlag spürte – sein Leben lang im Gedächtnis behielt. Später standen sie nackt und fröstelnd in der winzigen Dachkammer – eine von vielen, das Cresta Palace war ein stattliches Hotel – und sahen aus dem offenen Fenster in die Nacht. Dicke wäßrige Schneeflocken fielen vom Himmel; es schneite, mitten im Mai. Amalia würde in der Wäscherei arbeiten und Roberto in der Küche. Und nach zehn, höchstens fünfzehn Jahren, beschlossen sie feierlich, würden sie entweder in ihr Tal zurückkehren oder aber mit den Ersparnissen, die sie bis dahin auf die Seite gelegt hätten, nach Amerika auswandern wie Giovanni und Maria. Giovanni war Robertos Bruder, der älteste von fünf Geschwistern. Die beiden hatten es bis nach Ohio geschafft, und unterwegs hatte Maria eine gesunde Tochter geboren. Sie tauften sie Chiara America. In Ohio, schrieb Giovanni, gebe es Maisfelder, so groß wie die Poebene. Und die modernsten Fabriken der Welt.

Roberto schrieb, Amalia habe eine Fehlgeburt gehabt, aber es gehe ihnen gut. Maria und Giovanni bekamen eine zweite Tochter, Lucia. Ein paar weitere Briefe gingen hin und her über den Ozean, dann brach Giovanni den Kontakt ab. Seine Kraft war erschöpft. Die endlos langen Tage lösten nicht ein, was die kurzen Träume versprachen, an die sie sich bald nicht mehr erinnerten, wenn sie morgens wie erschlagen und mit klammen Gliedern erwachten. Das Klima in Cleveland war rauh, die Winter lang und kalt. Giovanni arbeitete in einer Maschinenfabrik, wo er zehn, zwölf Stunden am Tag einen Hochofen fütterte, und abends kochte er eine dünne Grießsuppe und brachte die Kinder ins Bett. Maria, fast unsichtbar unter den Wolldekken, lag auf der Couch neben dem Holzofen und hustete sich so leise wie möglich die Seele aus dem Leib. Manchmal schrieb Marias Vater, seltsam unpersönliche Briefe, die von Mussolini schwärmten, von seiner grandiosen, mit modernster Technik ausgestatteten Schnellstraße in die Zukunft, die den Abglanz des Imperium Romanum auf der Stirn trug.

Nach genau vier Jahren hatten Roberto und Amalia genügend Geld beisammen für die Überfahrt und die ersten paar Wochen; da fiel Amalia ein, daß sie beide kein Wort Englisch konnten. Außerdem war ihr häufig schlecht. Sie war wieder schwanger und hatte Angst, auch das zweite Kind zu verlieren. Dennoch lernten sie Englisch; davon zeugt ein deutsch-englisches Wörterbuch – ein dicker, in braunes Leder gebundener Langenscheidt –, eins der wenigen Dinge, die Amalia und Roberto ihrem Sohn Michele hinterließen. Michele schenkte den abgegriffenen Wälzer Merete und Andreas zur Hochzeit. Auf dem inneren Deckblatt ist – in verblaßter Sütterlinschrift – noch der Name des ursprünglichen Besitzers zu lesen: August Schaller, Schuhfabrikant, Dresden. Amalia erzählte die

Geschichte Michele, als er ein kleiner Junge war, Michele erzählte sie vierzig Jahre später Andreas, und Andreas erzählte sie nochmals zwanzig Jahre später Merete. Es war im Sommer 1924, als August Schaller, ein sechzigjähriger Witwer, sich in seine Tischgenossin Miss Davey verliebte. Miss Davey war mindestens zehn Jahre älter, wenn nicht mehr, eine lebhafte knochige Engländerin, die jeden Tag tausend Höhenmeter machte. *Up and down,* sagte sie, tausend Meter den Berg hoch und wieder runter, und August Schaller war hin und weg. Seine Verliebtheit war so offensichtlich, daß die Hotelgäste ihm ungeniert Ratschläge erteilten, einzig Miss Davey selbst – sie unterhielten sich glänzend, wenn ihr gemeinsamer Wortschatz auch begrenzt war – schien nichts davon zu bemerken. Am Vorabend seiner Abreise, die er schon zweimal verschoben hatte – eine weitere Verzögerung durfte er sich nicht erlauben, in der Schuhfabrik lief alles drunter und drüber –, schob August Schaller das Wörterbuch über den Tisch, exakt vor Miss Daveys Teller. (»Es gab Kalbsmedaillons mit Senfsauce, dazu Gratin Dauphinois und Mischgemüse«, sagte Amalia, sagten Michele und Andreas an dieser Stelle.) Das Wörterbuch war auf der Seite *lo-* bis *lu-* aufgeschlagen, der Eintrag *love* war doppelt unterstrichen, links davon hatte August Schaller ein verschnörkeltes *I* gemalt und auf dem rechten Blattrand war ein ebenso verschnörkeltes *You* zu lesen. *»Oh – it's for you«,* sagte Miss Davey geistesgegenwärtig zu Amalia, die eben das Geschirr abräumte (sie war einige Wochen zuvor in den Service versetzt worden). Sie klappte das Wörterbuch zu und überreichte es Amalia mit einem liebenswürdigen Lächeln. August Schaller wischte sich den Schweiß von der Stirn und nickte ergeben. Nein, er wolle das Buch nicht zurück, beteuerte er Amalia, nicht um alles in der Welt. Doch damit war die Geschichte noch nicht zu Ende. Im folgenden Jahr trafen sich die beiden erneut im Cresta Palace, und diesmal war es Miss Davey, die heftig mit August Schaller flirtete, der in der Zwischenzeit wieder geheiratet hatte, eine plumpe junge Frau, die jedem erzählte, wie stolz und glücklich sie war.

Am 6. Oktober 1924 brachte Amalia einen Sohn zur Welt. Sie nannten ihn Michele. In Amerika, dachten sie, würde er Maikel heißen; mit der anstrengenden Reise wollten sie warten. Sie zogen in eine Zweizimmerwohnung im Dorf. Amalia arbeitete tagsüber, Roberto bis in die frühen Morgenstunden, so war das Kind nie allein. Am 23. August 1927, Michele war knapp drei Jahre alt, wurden die beiden italienischen Anarchisten Bartolomeo Vanzetti und Nicola Sacco wegen (unbewiesenen) Raubmords und trotz weltweiter Proteste in den USA hingerichtet; der Moment, alles hinter sich zu lassen und in eine unsichere Zukunft aufzubrechen, schien Roberto ungünstig. Sie sparten trotzdem weiter; Michele kam in die Schule und später in die Lehre. Und eines Tages, der Zweite Weltkrieg war zu Ende und Michele erwachsen, kaufte Roberto, als wolle er sich nachträglich davon überzeugen, daß es richtig gewesen war, in Celerina zu bleiben, mitten im Dorf ein kleines Einfamilienhaus, kaum hundert Meter vom Cresta Palace entfernt, das sich nur langsam von den schwierigen Kriegsjahren erholte. Genaugenommen war es eher eine Ruine, der halb zerfallene Stallteil eines stattlichen Engadiner Bauernhauses aus dem 17. Jahrhundert, den sie in mühseliger Kleinarbeit zur Chesa Michele ausbauten.

Amalia und Roberto Lazzaroni waren bis zu ihrem Tod (und darüber hinaus) in Celerina geblieben; im April 1956 wurden sie beide auf dem Friedhof San Gian begraben. Maria und Giovanni überlebten sie, einträchtig hustend, einträchtig mürrisch, um beinahe ein Jahrzehnt.

Wie selbstverständlich übernahm Michele das Haus. Er war zweiunddreißig und hatte, von einigen längeren Reisen abgesehen, stets mit seinen Eltern zusammengelebt. Er beließ die Dinge, wo und wie sie waren, und als er sich im Februar 58 mit Almut verlobte, fügte er den mehr als zwanzig Stadtplänen und Landkarten, die Amalia und Roberto im Laufe der Jahre gesammelt und alle im Wohnzimmer aufgehängt hatten – sie zeigten, mit Ausnahme von Norditalien und der Schweiz, Städte und Länder, die sie nie bereist hatten –, zwei weitere hinzu: Deutschland und Polen.

Andreas sah auf die Uhr, der Radiowecker zeigte zwanzig nach drei. Er drehte sich von Merete weg auf die rechte Seite. Durch die schwach erhellte Zimmerdecke des Blue Waters Hotels zog sich ein Riß, an den Wänden war da und dort die Farbe abgeblättert, ein unempfindliches Okkergelb. Die Luft war verraucht, salzig, stickig und feucht. Seine Muskeln fühlten sich übersäuert an wie nach einem zu raschen Aufstieg auf einen der Viertausender, die Dominik und er während des Studiums bezwungen hatten. Ohne entsprechende Ausrüstung waren sie losgezogen, in Malerüberhosen und mit bloßen Händen selbst bei Minustemperaturen. Ihre bleichen, knochigen Finger krallten sich in den Fels; weit unten lockte der Abgrund, schwindelerregend und irgendwie *bigger than life. Live hard,* hatten sie damals, kaum zwanzig Jahre alt, in Zürich an die Wände der Roten Fabrik gesprayt, *die young.*

Mit fast sechsunddreißig war man nicht mehr jung.

Er dachte an seine beiden Söhne, Severin und Jonathan. Merete hatte die Kinder in Celerina gelassen, in der Obhut von Andreas' Mutter. Ob Jonathan schlief? Schon als Säugling war er *un duro* gewesen, wie Michele es nannte. Als sei er schon fertig zur Welt gekommen, ausgerüstet mit jener Härte, die ihn unempfindlich machte, nicht nur gegen Hunger und schmutzige Windeln, sondern auch gegen die erwartungsvolle Liebe seiner Eltern. Bestimmt schliefen sie beide, Jona das Gesicht ins Kissen gedrückt wie immer, und Severin entspannt auf dem Rücken mit ausgebreiteten Armen, und beide atmeten sie die Luft ein, die ihre Großmutter ausatmete. War ihnen aufgefallen, daß ihre Großmutter nach nichts roch? Auch wenn sie den ganzen Tag im Garten gearbeitet und stark geschwitzt hatte, roch Almut nach nichts.

Heute abend wollte Merete über Johannesburg zurückfliegen nach Zürich. Dort angekommen, würde sie mit dem grauen Volvo ins Engadin fahren zu Almut und den beiden Jungs, die mit offenen Mündern auf dem Sofa saßen und sich ein Video anguckten, Michel aus Lönneberga.

Michel war ein unverbesserlicher Lausbub, der das Herz auf dem richtigen Fleck hatte, der es immer gut meinte, und dennoch kam beinahe alles schief heraus, was er tat, so daß er von seinem grobschlächtigen Vater im Tischlerschuppen eingesperrt wurde, wo er mutterseelenallein seine Holzmännchen schnitzte, bis er eine halbe Armee zusammenhatte, die verstaubte, ohne je zum Einsatz zu kommen. Aber all das schien ihn nicht übermäßig zu bekümmern, es schien seinen kindlichen Elan nicht zu brechen, unermüdlich fuhr der kleine Michel fort, die Welt zu reparieren mit seinen dünnen weizenblonden Haaren. Merete würde Jonathan und Severin seufzend hochheben und sie an Almut vorbei aus der Chesa Michele tragen, als könnten sie noch nicht selber gehen. Warum nur mußte sie die beiden noch immer wie Babys behandeln? Einen nach dem andern würde Merete sie in die blau gemusterten Kindersitze setzen. Sie würde sie anschnallen mit entschiedenen, ein wenig herrischen Bewegungen, und dann fuhren sie zu dritt ins Unterland und in ihr altes Leben zurück, in die helle Vierzimmerwohnung am Fuß des Käferbergs mit Blick über die Stadt und den See.

Merete schlief tief und fest. Kein Wunder, schließlich hatten sie beide in den vergangenen zweiundfünfzig Stunden – seit er Merete mit dem Taxi am Durban International Airport abgeholt hatte – kaum eine Minute geschlafen. (Andreas versuchte sich schon seit Tagen daran zu erinnern, wie der Körper sich anfühlte, wenn man halbwegs ausgeschlafen erwachte.)

Seit dem 28. September hatte er nicht mehr richtig geschlafen. Das waren zweieinhalb Wochen. Zweieinhalb Wochen, die ihm nicht vorkamen wie Monate oder Jahre, sondern wie ein einziger, nicht enden wollender Tag.

Sie standen zu dritt am oberen Ende des steilen Fußwegs, der zur Limmat hinunterführte. Andreas trug Severin auf dem Arm, Jonathan stand neben ihm, das neue Fahrrad, das er zum Geburtstag bekommen hatte, zwischen die Beine geklemmt. Sie würden gemütlich den Fluß entlang nach Hause spazieren. Über die beiden Limmatbrücken – sie waren exakt übereinander gebaut, unten die Wipkinger-, darüber die Hardbrücke – toste der Feierabendverkehr. Es war Freitag, und die Leute wollten nach Hause, wo sie ihre Angst vor der Welt, dachte er, gegen kleine häusliche Streitereien eintauschten, die ihnen wenigstens vertraut waren. Merete hatte ihm eine SMS geschickt: Abendessen um sechs, spaghetti mit tomatensauce, ok? »Schreib Mama, daß wir Fleischsauce wollen«, bettelte Jona. Seine kleinen Hände umkrallten die Lenkstange; er war gestern fünf geworden und hatte eben erst radfahren gelernt. Andreas setzte Severin ab und schrieb: Bitte fleischsauce. Er schickte die Meldung ab und sah in den Himmel, als könnte er zusehen, wie sie Merete überbracht wurde. Es dämmerte, über dem Üetliberg hingen violette Wolkenbänder, und plötzlich stieß sich Jonathan mit dem linken Fuß ab, setzte sich auf den Sattel und fuhr los. Der Asphalt glänzte, über Mittag hatte es geregnet, und Andreas hatte den Kindern Regenjacken angezogen aus Gore-tex mit gelben, reflektierenden Streifen.

Er erinnerte sich, wie er Jonathan schon vom Weg abkommen und in eine Hausmauer krachen sah, noch bevor er tatsächlich die Herrschaft über sein Fahrrad verlor, das sich im letzten Moment überschlug – wenig später wäre er mit vollem Tempo in die Hausmauer geprallt – und Jonathan in den Himmel warf, als wäre er ein Gummigeschoß. Andreas blieb stehen wie paralysiert, er dachte an eine Zeitungsmeldung, die er vor kurzem gelesen hatte. In Tel Aviv – oder war es in Jerusalem gewesen? – war bei einer Hochzeitsfeier eine Decke eingestürzt und hatte mehrere Hochzeitsgäste unter sich begraben, und er stellte sich vor, wie sich die Betonblöcke aus ihrer Verankerung lösten, und während sie fielen, hielten die Menschen den Atem an und erstarrten in ihren Bewegungen, als brächten sie mit ihrer stummen Ohnmacht die ganze Welt zum Stehen. Jonathans kleiner kompakter Körper flog durch die Luft, unendlich langsam und kraftvoll, als vermöchte er der Schwerkraft zu trotzen. Er schlug mit dem Hinterkopf auf dem Asphalt auf und blieb dort liegen wie für immer.

Hier in Durban hatte es die ganze Woche über kein einziges Mal geregnet. Der Frühling hatte begonnen, alles grünte und blühte, der goldgelbe Zuckerdorn und die Korallenbäume – ihr Samen enthielt ein hochwirksames Gift, das zu Lähmungen führte –, die Bougainvilleen prunkten mit ihren vielfarbigen Hochblättern, am schönsten aber waren die unzähligen Jacarandabäume, deren lila Blüten die breite Strandpromenade säumten. Dahinter erhob sich eine gleichförmige, kilometerlange Skyline, die irritierend an Bilder amerikanischer Ostküstenstädte erinnerte.

Bongani hatte ihm die Stadt gezeigt. Bevor Merete überraschend nach Durban gekommen war, hatte sich Andreas jeden Morgen in Bonganis Taxi gesetzt. Er breitete den Stadtplan aus und nannte irgendeine Straße oder einen Außenbezirk. Manchmal zeigte er bloß mit dem Finger auf einen der unaussprechlichen Namen der schwarzen Townships, und Bongani nickte oder sagte, diese Gegend sei zu gefährlich, dann fuhren sie woandershin. In Durban gab es beinahe alles, die halbe Welt, den Broadway und die Kwadabeka, die Beverley Hills, Jan Smuts und Princess Anne; Karachi gab es und den Ganges, New Germany, Umkubaan, Dublin und Sydney, ein riesiges Durcheinander, als hätte jemand hoch über der Stadt einen Sack voller Puzzleteile ausgeschüttet, die von vielen verschiedenen Spielen stammten. Und so war es ja auch. 1497 war Vasco da Gama als erster Europäer die Küste entlanggesegelt. Später kamen die Engländer, dann die holländischen Buren, und ab 1860 holten die Briten Zehntausende Inder ins Land; die meisten von ihnen als Kontraktarbeiter für die Zuckerrohrplantagen des Hinterlandes.

Am dritten oder vierten Tag hatte Bongani ihn gefragt, was er hier in Durban zu tun habe. In der Schweiz war ich Arzt, hatte Andreas gesagt, *I used to be a doctor.* Bongani hatte ihn beinahe mitleidig angesehen. Es ist merkwürdig, sagte er, Sie sehen weder aus wie ein Arzt noch wie ein Tourist. Andreas versicherte ihm, daß er beides war, wenn er sich nicht vollkommen irre, was allerdings gut möglich sei; wer weiß, sagte er, vielleicht habe ich das Gedächtnis verloren und bin ein Mörder auf der Flucht vor der Justiz. Nach einer Schrecksekunde hatten sie beide gelacht. Bonganis Backenzähne waren kleine dunkelbraune Stummel. Später hatte er Bongani gefragt, wie alt er sei, und Bongani sagte, vierundsiebzig, vielleicht aber auch erst neunundsechzig. Was spielt das schon für eine Rolle, sagte er, wichtig ist die Zeit, die vor uns liegt, und von ihr wissen wir nichts. Als er ihn vor dem Blue Waters absetzte, legte Bongani eine Hand auf Andreas' Schulter und sagte, vielleicht wolle er ganz einfach ein neues Leben anfangen, hier in Südafrika, und einen Moment lang hatte er wirklich ein neues Leben vor sich gesehen mit einer breithüftigen schwarzen Frau und neuen, schokoladefarbenen Kindern, die ihn Daddy nannten.

Natürlich hatte er sofort die Ambulanz gerufen. Im Kinderspital hatten sie Jonathan ins künstliche Koma versetzt, um die Gefahr möglicher Komplikationen zu verringern. Er hatte einen Schädelbruch und war längere Zeit bewußtlos gewesen, soviel war klar; was den weiteren Verlauf betraf – es konnten Hirnblutungen hinzukommen –, mußte man abwarten. Noch auf der Intensivstation des Kinderspitals hatte er Dominik angerufen.

Sie hatten zusammen Medizin studiert. Dominik war Psychiater geworden und arbeitete in der städtischen Klinik Burghölzli. Lange Zeit waren sie die besten Freunde gewesen; sie hatten acht Jahre lang zusammengewohnt. Gleich nach der Matura war Andreas von Celerina nach Zürich gezogen. Die ersten paar Monate hatte er mit einem ehemaligen Mitschüler ein möbliertes Apartment geteilt. Dino

Ferrari studierte Wirtschaftswissenschaften – du mußt das System kennen, sagte er, um es zu untergraben –, und Andreas konnte zusehen, wie sich der hübsche feingliedrige rebellische Junge in einen selbstbewußten Mann verwandelte, der nicht nur sein Studium, sondern auch seine Persönlichkeit als Kapital betrachtete, das man gewinnbringend einsetzen mußte. Nach dem ersten Semester war zum Glück in Dominiks WG ein Zimmer frei geworden. Die Wohnung lag in der Dienerstraße und war ziemlich heruntergekommen. Es war eine typische Männer-WG, ein spätes Relikt aus den Zeiten der Jugendunruhen; die Joghurts verschimmelten im Kühlschrank, und das Geschirr wurde erst gespült, wenn es keine sauberen Teller mehr gab. Die Dienerstraße lag mitten im Rotlichtviertel der Stadt, und die Mischung aus Sex, Brutalität und Lebensfreude hatte ihn sofort angezogen. Dominik, Reto, Dani und Thomas waren alle ein paar Jahre älter. 1980 hatten sie alles gewollt, und zwar subito. Andreas hatte die Bilder damals im Fernsehen verfolgt: Vermummte Gestalten, die mit Pflastersteinen Schaufenster einwarfen; bewaffnete Polizisten, die mit ihren Schlagstöcken auf kaum Zwanzigjährige einprügelten. Am Bellevue hatte sich eine junge Frau mit Benzin übergossen. In ihrem Abschiedsbrief hatte sie so etwas geschrieben wie »wenn ich es nicht mehr packe, mich dagegen zu wehren, muß ich mich verbrennen in dieser Welt ohne Liebe«.

»Freie Sicht aufs Mittelmeer«, »Macht kaputt, was euch kaputtmacht« – die Transparente hingen noch an den Zimmerwänden, und Dani versuchte Andreas die Zusammenhänge zu erklären. In den Siebzigerjahren, dozierte er, lag ein Zuckerguß über unserem Land, eine eisige, klebrigsüße Pampe, die uns festhielt und betäubte, während unsere Alten noch immer am sogenannten Fortschritt weiterbauten, 68 und den Ölkrisen zum Trotz.

Doch wenige Jahre später – Andreas war kaum eingezogen – war die Widerstandskraft der meisten Protagonisten verbraucht. Als erster verabschiedete sich Reto; er zerbiß eine Kapsel mit Zyankali und stürzte sich aus dem Fenster. Dann trat Thomas – er war der militanteste von allen gewesen – das Erbe seines verhaßten Vaters an und zog resigniert in ein Penthouse mit Sicht auf das Opernhaus, vor dem sie gegen Leute wie Thomas' Vater demonstriert hatten, während Dani sich in eine bunte, aufregende, beruhigende Innenwelt kickte. Nach dem dritten Entzug kehrte er ins Reihenhaus auf dem Land zurück, wo er aufgewachsen war, und jeden Dienstag fuhr seine verwitwete Mutter in die Stadt und besorgte ihm den Stoff. So waren bald nur noch Dominik und Andreas übriggeblieben. Nächtelang hatten sie über Filme und Politik, über Musik, Bücher und LSD debattiert, und als draußen und drinnen das Jahrzehnt langsam zu Ende und der kalte Krieg scheinbar ungebrochen weiterging, hatten sie sich immer tiefer in ihre Daunenschlafsäcke verkrochen, um irgendwann bloß noch ihre unglücklichen Liebesgeschichten miteinander zu teilen. Auch wenn es etwas gab, das sie in den Augen der wenigen gemeinsamen Bekannten unrettbar voneinander trennte: Dominik war häßlich; er war einer der häßlichsten Menschen, die Andreas je gesehen hatte. Sein dickes

Haar war stumpf und nicht blond, sondern gelb, seine kleinen Augen kurzsichtig und von wäßriger Farbe. Hager und schmächtig, wie sein ganzer Körper war, sprang sein Adamsapfel scharf unter seiner bleichen schuppigen Haut hervor, die sich bei der geringsten Anstrengung rotfleckig verfärbte. Darüber hinaus war sein Gesicht gezeichnet von einer starken Akne, die ihn seit der Pubertät quälte. Trotzdem, sie hatten es geschafft, beide hatten sie ihr Studium abgeschlossen, Andreas im Sommer 92 und Dominik ein Jahr später.

»Was gibt's?« fragte Dominik kühl.

Andreas stockte.

»Ich brauche was für einen Freund«, sagte er schließlich, »ich kenne mich da zu wenig aus. Er hat seine eigene Tochter überfahren und dreht langsam durch.«

»Ist sie tot?« fragte Dominik.

Andreas hatte ihm damals im Sommer 93 die Nachricht von Sarahs Tod überbracht. Sarah war Dominiks erste richtige Freundin gewesen, eine kleine, dralle, lebenslustige Krankenschwester – sie stammte aus Rostock und bewunderte Dominik ebensosehr, wie er in sie verliebt war. Sie waren zu dritt unterwegs gewesen, Andreas – er hatte die Tour geleitet –, Merete und Sarah. Merete und Sarah waren beide unerfahren, deswegen hatte er eine einfache Gletscherwanderung ausgesucht, vom Nufenenpaß auf das Blinnenhorn. Am Abend zuvor hatten sie ein paar Joints geraucht, nicht mehr als sonst. Dominik mußte zuviel erwischt haben; er hatte die ganze Nacht gekotzt und war deshalb zuhause geblieben.

Andreas blickte auf den Monitor neben dem Bett, sah Jonathans Herz schlagen und hörte sich sagen, ja, sie ist tot.

»Und die Symptome?«

»Schlaflosigkeit«, sagte Andreas, »Verzweiflung, Schuldgefühle, Realitätsverlust.«

Sarah hatte das Schneefeld, das vor der sichtbaren Spaltenzone lag, zehn Meter oberhalb von Andreas überquert. Merete ging ein paar Schritte hinter ihm, und plötzlich hatte er einen kurzen, erstickten Schrei gehört. Als er sich erschrocken umsah, war es still wie zuvor. Das Schneefeld war endlos weit, starr und weiß wie Meretes Gesicht.

»Kannst du ihn nicht vorbeischicken?«

»Er hält nichts von Psychiatern.«

»Wie heißt er?« fragte Dominik, »wenn ich ein Rezept ausstellen soll, muß ich wissen, wie er heißt, Name und Jahrgang.«

»Vergiß es«, sagte Andreas und legte auf.

Eine Schneebrücke war eingebrochen, Sarah steckte in einer Tiefe von zwanzig Metern in einer Gletscherspalte fest. Merete war ins Tal abgestiegen, um Hilfe zu holen. Sarah war vor seinen Augen erfroren. Dominik hatte ihm nie einen Vorwurf gemacht. Im Gegenteil. Nach dem ersten Schock hatte er Andreas zu trösten versucht. Das könne jedem passieren, sagte er, auch er hätte sie wahrscheinlich erst auf dem Gletscher angeseilt. Andreas war am übernächsten Tag zu Merete gezogen. Das Telefon ließ er ins Leere klingeln, und auf Dominiks wiederholte Einladungen, die er auf den Anrufbeantworter sprach, reagierte er nicht. Sie hatten sich nicht wiedergesehen. Manchmal traf er einen gemeinsamen Bekannten, der ihm von Dominiks beruflichen Erfolgen erzählte. Er erfuhr, daß Dominik allein in einer Jugendstilwohnung am Zürichberg lebte und sich äußerlich überhaupt nicht verändert hatte.

Als er am 30. September zuhause den Briefkasten leerte, lagen zwei Rezepte darin. Eines für Lexotanil – es sollte angstlösend wirken – und eines für Dormicum, ein starkes Schlafmittel. In einem separaten Couvert lag ein Arbeitsunfähigkeitszeugnis für die nächsten drei Wochen. Alles war auf seinen eigenen Namen ausgestellt, Andreas Lazzaroni, 1965. Auf einen rosafarbenen Post-it-Zettel hatte Dominik geschrieben: Es tut mir leid um deine Tochter – ich dachte, du hast zwei Söhne. Wenn du Hilfe brauchst, rufst du mich an.

Andreas war nicht beschämt. Er fühlte sich einfach nur erleichtert. Am nächsten Tag hatte Merete in der Frauenklinik angerufen und dem Leiter der Abteilung für Geburtshilfe gesagt, Andreas habe das Pfeiffersche Drüsenfieber erwischt und falle für drei Wochen aus.

Sie war wütend gewesen, als er im November 99 den dunkelgrauen Volvo gekauft hatte. Ein Gebrauchtwagen, hatte er stolz verkündet, dabei fast wie neu. Und sicher genug für unsere Kinder.

Konntest du nicht wenigstens warten, bis das Kind da ist, hatte sie geschrien, oder besser noch, bis es ein Jahr alt ist und nicht mehr am Plötzlichen Kindstod stirbt?

Merete saß auf den Knien und schrubbte den hellgelben Küchenboden. Der Boden war viel zu hell, man sah jeden Fleck, die Fugen zwischen den Keramikplatten waren schon beinahe schwarz.

»Es klebt. Jonathan hat eine Flasche Himbeersirup ausgeleert«, sagte sie entschuldigend.

»Und dafür brauchst du drei Stunden?« sagte Andreas.

Spätestens um acht lag Jona im Bett, und jetzt war es elf. Andreas ging in den Flur, hängte den Regenmantel an die Garderobe, legte die Aktenmappe auf die Kommode und sah flüchtig in den Spiegel.

Er hatte den Wagen am Nachmittag aus der Werkstatt geholt. Danach hatte er gearbeitet – er hatte Spätdienst – und war voller Vorfreude nach Hause gefahren. Es schneite, und auf den fast leeren Straßen lag ein dunkelgrauer Matsch, der von den neuen Reifen wegspritzte. Er liebte es, nachts durch die Stadt zu fahren. Er legte eine Kassette ein – Dylan natürlich, *Sara, you were always so close and still within reach,* eine Ballade auf die Mutter seiner Kinder und die Liebe seines Lebens, ein sehr persönliches Lied, wo Dylan einem fast unangenehm nahe kam –, und er dachte an sein Leben, an das Kind, das bald geboren würde, an seine berufliche Zukunft – in ein, zwei Jahren würde er Oberarzt und dann vereinfachten sich manche Dinge, er verdiente mehr und mußte weniger arbeiten. Rechts tauchte der Käferberg auf, wie mit Puderzucker bestäubt. Sie würden in eine größere Wohnung ziehen oder in ein kleines Haus auf dem Land, wo Platz genug war für ein Au-pair-Mädchen. Merete konnte endlich ihre Dissertation abschließen, die sie seit Jonathans Geburt vor sich herschob. Es schien ihm, als würde mit dem grauen Volvo endlich das richtige Leben anfangen. Merete würde sich ebenfalls freuen. Mehr noch, dachte er und war sich plötzlich vollkommen sicher, sie wäre glücklich. Nicht daß ihr irgend etwas an materiellen Dingen lag, ganz im Gegenteil, aber sie haßte den alten Peugeot, den es beim kleinsten Unfall, sagte sie oft, zusammenquetschen würde wie eine Streichholzschachtel und sämtliche Insassen dazu.

Er trat erneut in die Küche. Merete fuhr fort, den Boden zu schrubben, ihre Hände waren rot. Es roch nach Javelwasser; das rührte ihn, Merete hatte die Gewohnheit seiner Mutter übernommen, die auf Javelwasser schwor. Doch je länger sie schrubbte – ihre Schrubberei hatte etwas Demonstratives, es kam ihm vor, als hätte sie extra damit gewartet, bis er nach Hause kam und ihr zusehen mußte, wie sie mit dem schweren Bauch vor ihm auf dem Boden kniete –, um so erbärmlicher fühlte er sich, und ungewollt grob riß er ihr den Putzlappen aus der Hand.

»Ich mach das schon«, zischte er, »das ist ja nicht zum Aushalten, bitte setz dich hin.«

Er schob ihr einen Küchenstuhl zu, der mit seinen Stahlbeinen über den Boden schepperte. Merete blieb am Boden sitzen.

»Was ist, wenn es stirbt«, sagte sie, und ihre Stimme klang nicht mehr wütend, sondern kalt, »gerade jetzt in meinem Bauch oder bei der Geburt wie das Baby von Martha und Alex.«

Martha und Alex wohnten im Parterre und hatten die ganze Wohnung voller Pflanzen. Kakteen, Gummibäume und jede Menge Avocados, die sie selber aus Avocadokernen zogen. Martha und Alex waren nur wenige Jahre jünger, aber manchmal – sagte Merete – kam es ihr vor, als gehörten sie einer anderen Generation an. Anfang der Siebzigerjahre geboren, hatten sie schon als Studenten an der Börse spekuliert. Daß sie – nicht nur damit, sie besaßen bereits ein eigenes Architekturbüro – erfolgreich waren, war ihnen weder unangenehm noch betrachteten sie es als besonderes Verdienst; es verstand sich von selbst. Zwei Wochen nachdem Nina tot zur Welt gekommen war, hatten Martha und Alex den Wettbewerb für eine große Überbauung in Zürich Nord gewonnen. Marthas und Alex' Wohnung war ein Paradies, verglichen mit ihrer eigenen, dachte Andreas, auch wenn man die Wohnungen nicht vergleichen durfte, als Architekten hatten sie ein untrügliches Auge für Proportionen und Materialien, für den richtigen Mix aus Coolness und Gemütlichkeit.

»Seit heute morgen habe ich es nicht mehr gespürt«, sagte Merete, »woher soll ich wissen, ob meine Plazenta ausreicht? Warum sollte sie besser funktionieren als die Plazenta von Martha, die nie geraucht und nie getrunken hat und auch sonst alles richtig macht in ihrem Leben, ganz im Gegensatz zu mir. Ja, denk nur an ihre Wohnung, jedes Kind würde sich dort sofort wohl fühlen, wo bleibt da die Gerechtigkeit?«

Was hätte er sagen sollen, daß es keine Gerechtigkeit gibt in solchen Dingen? Er hätte sie umarmen und trösten sollen, aber er sagte bloß, was hat das verdammt noch mal mit der Wohnung zu tun.

Merete faßte den Saum ihres Umstandskleids und warf

es sich über den Kopf, so daß Andreas hinter dem dicken blauen Flanellstoff nur noch die Konturen ihres Gesichts sah. Die Konturen hatten sich in der Schwangerschaft aufgeweicht. Merete verschränkte ihre nassen roten Hände über dem prallen Bauch und sagte: »Wenn du stirbst, mein Kind, dann werde ich das verdammte Auto sofort wieder verkaufen. Das verspreche ich dir. Nein, ich werde es eigenhändig zu Schrott fahren.«

Zwei Wochen später war Severin gesund zur Welt gekommen; Martha und Alex hatten ein Jahr später ebenfalls einen gesunden Jungen bekommen; er hieß Janis.

Und auch wenn sie nicht eingeschlafen wäre, dachte er, ich hätte nicht zu sagen gewußt, wie es anfing.

Er hätte mit jedem Satz einen neuen Anfang gefunden und sich darin verloren; er hätte vielleicht, weshalb?, von der Flucht seiner Mutter aus Breslau gesprochen, die er nur von ihren Erzählungen her kannte, als sie dreizehn war und den roten Wintermantel trug, obwohl es Sommer war, und ihre Haare waren links von der Mitte gescheitelt. Davon gab es immerhin ein Foto, schwarzweiß natürlich, das einem fremden Betrachter, dachte er, nichts anderes erzählte, als daß sie einmal, für die paar Sekundenbruchteile Belichtungszeit (wie lange waren damals die Belichtungszeiten, wer hatte das Foto gemacht, ihre Mutter wahrscheinlich, Almuts Vater war bis Ende 46 in russischer Gefangenschaft gewesen), diesen leicht trotzigen Zug um den Mund hatte und ein paar widerspenstige Haare ihr Gesicht teilten. Irgendwann in den späten Neunzigerjahren, als solche Filme plötzlich aus den Archiven geholt wurden, hatte er in einem 16-Millimeter-Farbfilm der amerikanischen Army-Air-Forces ein obdachloses deutsches Flüchtlingskind gesehen. Das Mädchen war eindeutig jünger, zehn oder elf. Es trug ein feuerrotes Kleid mit einem adretten Rundkragen, der blendendweiß war, wie frisch mit Persil gewaschen. »Persil« hatten die Flugzeuge der damals noch geheimen Luftwaffe 1935 in den Himmel über Deutschland geschrieben. Almut – sie war dreieinhalb – hatte so lesen gelernt, zumindest ein bißchen. Getarnt als Werbeflieger übten die Piloten Gleitflug, Ausbrechen und Verfolgen für den kommenden Krieg. Persil war ihr erstes und für lange Zeit das einzige Wort, das Almut lesen konnte. Es klang irgendwie zum Lachen und gleichzeitig ein wenig wie Perle. In Mutters Schmuckkästchen lag eine Perlenkette, die sie manchmal heimlich hervorholte und durch die Finger gleiten ließ. Es waren so viele Perlen, daß man sie unmöglich zählen konnte, obwohl sie es immer wieder versuchte, und dann wußte sie nicht mehr, wo sie angefangen hatte und wo sie aufhören sollte.

Das Mädchen im Film hielt einen Helm in der Hand, und nach kurzem Zögern setzte es ihn auf den Kopf. Dann war es weg. Die Kamera schwenkte über das improvisierte Flüchtlingslager, zeigte die Wolldecken am Boden, andere Kinder, die einfach dahockten und ihre bleichen dünnen Beine ins Sonnenlicht hielten. Andreas hatte ungläubig und elektrisiert davor gesessen. Merete hatte seine Anspannung bemerkt. »Vergiß es«, flüsterte sie, »das ist unmöglich Almut.« *»Of course not«,* sagte er laut und gereizt, ohne nachzudenken, warum sprach er englisch, es gab keinen Grund. Die Ausstellung, zu deren Begleitprogramm der Film gehört hatte, war in Hamburg oder Berlin gewesen, er wußte es nicht mehr genau. Sie waren auf der Hochzeitsreise, die sie von Hamburg nach Berlin und Breslau führte. Er hatte Meretes linke Hand genommen und sie auf die Stelle gelegt, wo sein Herz schlug. Er dachte an die zweite Postkarte, die sie ihm geschrieben hatte; er konnte sie auswendig. *I felt my heart beating against the bones, and the skin above asked my left hand to touch it. And I was sitting in my chair and felt my heart beating against my hand wishing I'd be yours, und both of my hands would be free to touch your face. And of course I don't know what it means. It means that something happened when we last met. Something happened to me. And my body carries the memory of its future desires which I don't know yet. I shouldn't ask you to forget what I wrote. But I do so. Cause my imagination is much stronger than I probably am.* Und er hätte das Gesicht des Mädchens 1945, zwanzig Jahre bevor er geboren wurde, von der Leinwand weg und in seine Hände nehmen wollen. Um zu sehen, wie es älter wurde und erwachsen, wie es Fältchen, dann Falten bekam, wie die Haare ergrauten. Kein Mensch wußte, was mit dem Mädchen geschehen war. Ob die Frau, die sie vielleicht geworden war, noch lebte. Wahrscheinlich hatte sie nicht mal bemerkt, daß die Amerikaner sie filmten.

Oder er hätte mit seiner ersten Geburt als Assistenzarzt angefangen, als die kaum behaarte zusammengefaltete Kopfhaut des Kindes zwischen den aufs äußerste gedehnten Labiae erschien und er wider besseres Wissen die ungeschützte Hirnmasse zu erkennen glaubte, oder mit jenem Moment, als er in Zürich aus dem Kino und in den gleißend hellen Sommernachmittag trat. Es war Sonntag, und die Geschäfte waren alle geschlossen. Im alten Park auf der anderen Seite der Straße wuchsen die Platanen und warfen ihre Schatten. Ein paar Kinder jagten einander mit Wasserpistolen und Kieselsteinen um einen großen runden Brunnen herum, aus dessen Wasserspeiern dünne müde Rinnsale sickerten, und wenn eine Trambahn die Straße entlangfuhr, zitterten die Fensterscheiben des nahen Cafés. Der Spielfilm – er stützte sich auf Tagebücher und autobiografische Romane – hatte das ganze Leben eines Schriftstellers von der Zeugung auf einem kubanischen Maisfeld bis zum Aidstod in New York in weniger als zwei Stunden erzählt, und Andreas stand noch immer mit dem Rücken zum Kino, als er plötzlich merkte, wie sich ein Filter vor seine Augen schob, der ihm die Gegenwart der Dinge und Geschehnisse immer weiter entrückte, bis sie bloß noch verwischte, farblose Schatten waren. Und als wäre auch das, was erst noch geschehen würde, schon geschehen, und als legte sich im Gegenzug, was unwiederbringlich vergangen war, in diesem Moment von neuem auf die Straße und den Park und die Kinder. Wie die Bilder von der Geburt eines Sterns, die unser Sonnensystem Jahrhunderte oder Jahrmillionen später erreichen, so deutlich und klar, als würden sie live übertragen. Michele – Andreas' Vater – hatte sein Leben nicht als Film vorüberziehen sehen, als sein Herz nach dem ersten Infarkt im Herbst 94 für drei Minuten und siebenundzwanzig Sekunden zu schlagen aufhörte, sondern als einzelne, gestochen scharfe Bilder, die sich über seinem Körper, den er reglos und grau im Reanimationsraum der Notfallstation liegen sah, zu einem riesigen Tableau auffächerten. Und als er in seinen Körper zurückgekehrt war, erzählte er Andreas von ihren, Meretes und Andreas' Kindern, die er *dort* gesehen hatte, in jenem Raum zwischen Leben und Sterben, der außerhalb der Zeit lag; oder waren das bloß die ersten Anzeichen seiner Verwirrtheit gewesen, die in den letzten Jahren dazu geführt hatte, daß er sich immer öfter in einer früheren Zeit wähnte oder in einem der Länder, die er Anfang der Fünfzigerjahre bereist hatte, Italien, Spanien und Portugal. Im November 94 hatten Jonathan und Severin noch nicht mal in ihren Gedanken existiert.

Oder er hätte Merete etwas ganz anderes erzählt, aber auch das wäre nicht der richtige Anfang gewesen und schon gar nicht die Antwort auf jene Frage, dachte er, die sie kaum hörbar gestellt hatte wie halb schon im Traum.

Viele Monate nachdem sie in letzter Minute doch noch aus Breslau geflohen und irgendwie heil ins zerbombte Berlin gelangt waren – in der flirrend heißen Augustluft schwebte noch immer der Trümmerstaub, überall halbe aufgeschnittene Häuser wie Puppenstuben, Menschen, die Karren voll Hausrat und Schutt durch die Straßen schoben –, machten sich Liese Langer und ihre beiden halbwüchsigen Töchter Margarethe und Almut erneut auf den Weg. Die Behörden der russischen Besatzungszone hatten ihnen eine Unterkunft zugeteilt. Zwei ungenutzte Zimmer, hieß es, in einem Bauerndorf nördlich von Berlin. Die Menschen mußten zusammenrücken. Es gab Richtlinien, pro Person waren nicht mehr als sechs oder acht Quadratmeter erlaubt. Die zwölf Millionen, die aus den ehemals deutschen Ostgebieten teils geflohen, teils von den Soldaten der Roten Armee vertrieben worden waren, brauchten schließlich auch eine Art Zukunft. Vom Ehemann und Vater Albert hatten sie seit Februar 45 nichts mehr gehört. Mitte Januar 46 kamen sie in Meseberg an. Sie waren nicht die einzigen; zu Familien aus der näheren Umgebung, deren Häuser zerstört waren, kamen mehrere Sudetendeutsche. Die beiden kalten dunklen Räume lagen im Erdgeschoß eines Bauernhauses und waren zuvor von den Besitzern als Schuppen genutzt worden. Immerhin hatten sie fließendes Wasser, und am zweiten Tag brachten hilfsbereite Nachbarn zwei Matratzen und einen alten Kochherd, mit dem sie jetzt, im Winter, auch heizen konnten, vorausgesetzt sie fanden etwas, das sie verbrennen konnten. In Breslau hatten sie ein Bürgerhaus im Stadtzentrum besessen und ein polnisches Dienstmädchen gehabt.

Die Mutter und ihre beiden Töchter reden wenig in dieser ersten Zeit. Aber auch später werden sie kaum miteinander sprechen. Es ist, als versuchten sie, im Schweigen der Menschen um sie herum zu verschwinden. Sie versuchen, beinahe so unsichtbar zu werden wie die kleine Elisabeth, die jüngste Tochter und Schwester, die kurz nach dem Kriegsende gestorben ist; da waren sie noch in Breslau. Sie versuchen, sich selbst zu vergessen, um sich nicht ganz an eine Erinnerung zu verlieren, die sie nie mehr werden überprüfen können. Hatten die Porzellanteller tatsächlich einen Goldrand, war Elisabeths Haar wirklich schwarz und gelockt gewesen, steht das Holzkreuz noch auf dem Friedhof, hat sie überhaupt je gelebt? Und was ist mit ihren Körpern, haben sie sich wirklich anders angefühlt, nicht bloß müde und zerschlagen, als gehörten sie jemand anderem. Albert hat seine jüngste Tochter nie gesehen, nie hat er ihren Babyduft eingesogen, nie hat er sie in den Armen gehalten, es gibt noch nicht mal ein Foto von ihr.

Die beiden Schwestern – Margarethe ist fünfzehn, Almut wird vierzehn – gehen jetzt mit den Jugendlichen aus dem Dorf in die Schule, ihre Mutter kümmert sich um den Haushalt, und im Herbst hilft sie den Bauern bei der Ernte. Die harte körperliche Arbeit fällt ihr schwer, so daß sie, endlich im Bett, weint vor Erleichterung über die paar Stunden Nachtruhe, die ihr vergönnt sind. An einem trüben Tag Ende Januar 47, ziemlich genau ein Jahr nach ihrer Ankunft, als das ganze Land still und tief verschneit unter einer Decke liegt und sogar die Flüsse zugefroren sind, kehrt Albert aus der Gefangenschaft zurück. Am frühen Abend, es ist ein Samstag und es ist den ganzen Tag über nicht richtig hell geworden, steht er plötzlich im Türrahmen. Ein Toter, denkt Almut, die ihn als erste sieht (Margarethe und die Mutter sitzen mit dem Rücken zur Tür), da steht ein Toter und hebt die rechte Hand zum Gruß. Endlich drehen Mutter und Margarethe sich um, der Schock muß sich auf Almuts Gesicht abgezeichnet haben, und in diesem Moment kippt der Tote vornüber und bleibt der Länge nach auf dem Holzboden liegen. Nie wird sie diesen Anblick vergessen, denkt Almut, wenn ihr eigener Tod kommt, wird er genau so im Türrahmen stehen und winken.

Bald arbeitet Albert Langer wieder als Lehrer, wenn auch nicht am Gymnasium – das gibt es hier nicht –, sondern an der Grundschule, wo die Kinder erst noch gebändigt und diszipliniert werden müssen. Aber was ihm früher selbstverständlich gewesen ist, fällt ihm zunehmend schwerer. Jeden Sonntag begleitet er auf der schrecklich verstimmten Orgel den Gottesdienst mit seinen Akkorden, die laut und falsch durch das Dorf dröhnen. Doch das liegt nicht nur an der Orgel. Es liegt etwas Rohes, Gewalttätiges in seinem Spiel, das nicht recht zu Almuts Erinnerung an ihren Vater und schon gar nicht zu seinem schwachen Körper passen will, der von Tag zu Tag schneller ermüdet. Aber bald bleibt die Kirche ohnehin leer, und der Vater hört auf zu spielen. Die beiden Schwestern besuchen ein weiteres Jahr lang die Schule bis zur Mittleren Reife. Almut wäre irgendwann früher gerne Kindergärtnerin geworden, aber daran denkt sie schon lange nicht mehr. Die Ausbildung ist viel zu teuer. Margarethe arbeitet nach der Schule drei Dörfer weiter im Gemischtwarenladen. Dann wird der Vater so krank, daß er nicht mehr unterrichten kann, auch wenn niemand genau weiß, was ihm fehlt. Almut und ihre Mutter pflanzen auf dem schattigen, ungenutzten Flecken hinter dem Haus ein wenig Gemüse an und helfen den Bauersleuten mit dem Vieh und bei der Ernte. Sie melken die Kühe, binden den Weizen zu Garben und waschen sich abends den Schweiß von der Stirn. Dennoch bleiben die Umsiedler Fremdkörper im Dorf. Hier war keiner ein Nazi gewesen, hier hat seit Stalingrad niemand mehr an den Endsieg geglaubt. Sie haben es alle besser gewußt. »Wir sind die alten, rostigen Splitter im Auge der neugeborenen Demokratischen Republik«, sagt Almuts Vater im Dezember 49. Es ist Silvester, man blickt auf das vergangene Jahr und noch weiter zurück, und er ist schon ziemlich betrunken, obwohl es noch früh ist am Abend. »Da kann man es den Leuten hier nicht übelnehmen«, sagt Albert, »wenn sie uns loswerden wollen. Ich würde mich ja selbst gern loswerden.« Später sagt er gar nichts mehr. Vielleicht hat er Angst, daß ihm mit jedem Satz ein zweiter, unbedachter entwischt, den er sich nicht verzeihen könnte. Am Abend des siebzehnten Juni 53 stirbt Albert Langer an den Folgen eines ausgeprägten Diabetes, den man viel zu spät diagnostiziert hat. An diesem Tag wird in vielen Staatsbetrieben der DDR gestreikt, doch davon hat Almuts Vater nichts mehr erfahren. Sie haben es erst am nächsten Tag im Radio gehört. Almut weiß nicht, ob ihm der Aufstand gefallen hätte, wahrscheinlich nicht. Alles, was nur entfernt nach Krieg roch, war ihm zuwider.

Als das langsame Sterben des Vaters zu Ende ist, lassen die drei Frauen, Margarethe und Almut sind inzwischen erwachsen, zum zweiten Mal alles hinter sich zurück. Diesmal allerdings freiwillig. Margarethe ist die treibende Kraft. Margarethe will in den Westen, wo es amerikanische Nylonstrümpfe gibt und alles viel besser, größer und schöner ist. Haben sie nicht irgendwelche Verwandte im Süden der Bundesrepublik? Margarethe schreibt einen langen Brief an Onkel Erwin, ein entfernter Cousin des Vaters. Sie müssen sich mit der Ausreise beeilen, alle wollen sie weg von hier, und es wird immer schwieriger, das Land zu verlassen. Im November 53 ist es soweit. Margarethe hat alles organisiert. Im Morgengrauen kehren sie dem schlafenden Dorf den Rücken zu; Margarethe hinterläßt ihrem Pro-forma-Verlobten noch nicht mal einen Abschiedsbrief. Sie fassen einander an den Händen wie Kinder und stellen sich in den Fluß, der die Zeit weitertreibt, stellt Almut sich vor, bis sie ins große Meer fließt, wo sie, in winzige Tröpfchen zerteilt, von der Sonne aufgesogen wird, um sich bald wieder zu dunklen Wolken zu ballen und erneut auf die Welt hinunterzuregnen.

In Berlin gelangen sie mit einem Touristenvisum in den Westteil der Stadt, mitnehmen können sie fast nichts, und von dort aus fahren sie mit dem klapprigen Wagen über den Transitkorridor in die Bundesrepublik.

Onkel Erwin lebte mit seiner zweiten Frau, die fünfzehn Jahre jünger war, und den drei kleinen Söhnen in Waldshut. Seine erste Frau hatte schon 47 wieder geheiratet. Erwin war vier Jahre lang in russischer Kriegsgefangenschaft gewesen. Ein Streifschuß hatte ihm die Knochen des rechten Unterschenkels zertrümmert. Das Bein hatten sie im Lazarett wieder hingekriegt, aber seither war es verkürzt, und obgleich er orthopädische Schuhe trug, zog er den rechten Fuß nach, so daß der Schuh den Boden entlangschleifte. Von den beiden Dachkammern aus, die sie zu dritt bewohnten, Margarethe, Almut und die Mutter, sah man auf die andere Seite des Flusses. Dort lag die Schweiz mit ihren Seen, Feldern und Wäldern und den kleinen Städtchen dazwischen, die so hübsch und so intakt waren, daß sie sich wie die Kulisse zu einem Theaterstück ausnahmen, das seit Jahrhunderten ununterbrochen gespielt wurde. Und so zögerte Almut keine Sekunde, als man ihr im März 55 durch die Vermittlung des Onkels, der eben seine Kontakte hatte, eine Stelle im Haushalt der Arztfamilie Dr. Dr. Weber in Schaffhausen anbot. Dr. Dr. hieß die Familie deshalb, weil sie beide Ärzte waren, Frau Dr. Weber war Kinderärztin und Herr Dr. Weber war Zahnarzt.

Das Licht der Nachttischlampe fiel auf Meretes Gesicht. Sie hatte den Kopf instinktiv wieder zu Andreas gedreht, als wollte sie noch im Schlaf über ihn wachen, und er sah sie an und stellte sich vor, wie er ihr Gesicht später Bongani beschreiben würde. »Man hat uns den Haß eingepflanzt«, hatte Bongani unterwegs zu den Townships gesagt – die meisten Schwarzen wohnten noch immer außerhalb –, »*do you understand,* nicht den Haß auf die Weißen, den Haß auf uns selbst. Unsere Eltern und Großeltern, die Lehrer in der Schule, die schwarzen Priester in der Kirche, alle haben sie uns so lange eingetrichtert, daß die Weißen uns hassen und verachten, weil sie uns für dumm, rückständig, unzuverlässig und triebhaft halten, bis wir uns selbst gehaßt und verachtet haben, weil wir dumm, rückständig, unzuverlässig und triebhaft sind«, sagte er, und plötzlich begann er zu lachen, als könne er selbst kaum glauben, was er eben gesagt hatte. »Jetzt bin ich alt und habe mein Land noch nie verlassen. Und ich werde es wohl auch nicht mehr tun.«

Merete kannte weder ihre Mutter noch ihren Vater. Ihr Gesicht war oval, die Haut grießig und an den schmerzhaft schön geschwungenen Lippen trocken und aufgesprungen. Die kräftigen schwarzen Haare lagen ausgebreitet wie ein Fächer über dem Kopfkissen. Sie waren steckengerade und glänzten fettig. Wahrscheinlich war ihr Vater tatsächlich ein Inder – oder ihre Mutter eine Inderin –, zumindest ein Großvater oder eine Großmutter mochte aus Indien stammen, auch wenn es hier kaum Mischlinge gab. Die Bevölkerungsgruppen blieben weitgehend unter sich. Ein Viertel der Einwohner von Durban und Umgebung war indischer Abstammung, ungefähr achthunderttausend. Merete war noch ein Baby gewesen, als Silvia Huber sie in einem Hauseingang im Zentrum von Durban gefunden und ins Blue Waters Hotel gebracht hatte.

Sie hatte keine wirkliche Beziehung zu den Dingen, die ihr gehörten. Persönliche Gegenstände schienen für sie keine Bedeutung zu haben, oder vielleicht hatten sie eine Bedeutung, dachte er, die so groß und unerträglich war, daß sie fast alles sofort wieder verlor. Andreas hatte ihr einen Schlüsselbund samt Key-Finder geschenkt, es half nicht. Sie verlor den Wohnungsschlüssel, die Notizen für ihre Artikel, die silbern geäderten Steine, die sie im Sommer unterwegs zum Piz Nair für die Kinder gesammelt hatte.

Sie hatten die Kinder für einen Tag bei Andreas' Eltern in Celerina geparkt – wie Merete es ausdrückte – und waren früh losgezogen, als die Gipfel im ersten Sonnenlicht badeten. Am späteren Vormittag saßen sie für eine halbe Stunde auf Corviglia oberhalb von St. Moritz und sahen hinunter ins Tal. Der Himmel war wolkenlos blau, die Arvenwälder der gegenüberliegenden Berghänge, die Dörfer und Seen leuchteten, wie sie nur im Oberengadin leuchten konnten. Und die ganze Zeit über hatte Merete ausschließlich von den Kindern gesprochen, und Andreas hatte ihr zugehört wie gelähmt, unfähig, die Landschaft oder sie beide dagegenzuhalten. Was sie jetzt wohl gerade machten, ob Severin vielleicht Fieber bekäme, er hatte gestern so unnatürlich rote Wangen gehabt, ob Jonathan mit seinen grauenhaften Wutanfällen wirklich schon reif genug war für den Kindergarten, ob Almut ihnen zum Mittagessen nicht doch diese schrecklichen Würstchen kochte aus dem Billigsortiment des Großverteilers – Merete hatte es ihr verboten –, oder ob Michele ihnen seine verrückten Geschichten erzählte, die sie später bis in die Träume verfolgten, ob sich Jona in diesem Moment erbrach, wo sie sich nichtsahnend ins Gras legten. Ihre Handys hatten sie absichtlich in Celerina gelassen, damit sie für ein paar Stunden den Alltag vergessen und sich frei fühlen konnten. Sie waren um halb vier zurückgekehrt, gerädert und schlecht gelaunt, und die Kinder hatten friedlich im Garten der Chesa Michele gespielt. Als sie die Steine auspacken wollte, hatte Merete sie irgendwo liegengelassen, in der Luftseilbahn – wo sie sie aus dem Rucksack genommen und staunend gezählt hatte, als sei sie selbst noch ein Kind, hundertunddrei Steine – oder später im Postauto.

Wenn sie von Jonathan und Severin sprach, benutzte Merete oft Wörter und Ausdrücke, die Andreas als roh und hart empfand. Sie hatten mal wieder Scheiße gebaut oder sie gingen wie Mörder aufeinander los; als müßte sie sich die Kinder, um die sie sich ständig sorgte – weit mehr als er selbst –, gewaltsam vom Leib halten. Einmal, Severin war erst ein paar Monate alt, war Andreas früher von der Klinik nach Hause gekommen. Er betrat die Wohnung und blieb im Flur stehen, jäh überwältigt vom Glück, daß sie eine Familie waren, die trotz allem funktionierte, und er einfach ins Kinderzimmer treten konnte, um seine Liebsten zu begrüßen. Er würde Merete umarmen, und Jonathan würde sich wie meistens dazwischendrängen. Später würde er Severin aus seinem Bettchen heben, den Kopf an seine Babyschulter schmiegen und den Flaum in seinem Nacken küssen, der nach sonnengetrocknetem Holz roch und nach Gegenwart, so sehr nach Gegenwart, daß es beinahe weh tat. Dann hörte er durch die geschlossene Türe, wie Merete Jonathan beschimpfte, zischend und grob: »Wenn du nicht sofort damit aufhörst, schmeiße ich dich aus dem Fenster, und dann bist du tot.« Er war im Flur stehengeblieben und hatte die Schuhe ausgezogen, während hinter der noch immer geschlossenen Türe Jonathan seine Mutter auslachte, dann bring ich dich um, und Severin im Halbschlaf zu wimmern anfing. Irgendwann später kam Merete aus dem Zimmer und lächelte ihn an, schön daß du da bist, hallo. Den neu gekauften Schal vergaß sie im Bus, das Handy warf sie aus Versehen in den Müll, und selbst den Ehering hatte sie vor ein paar Wochen verloren. Sie war zu Besuch bei einer Bekannten aus der Müttergruppe – sagte sie –, und in der Wohnung habe ein solches Chaos geherrscht, daß sie das Geschirr gespült habe; dabei habe sie den Ehering abgelegt. Der Ring war unauffindbar verschwunden.

Es war der Ehering seiner Großmutter Amalia gewesen, den Merete getragen hatte, so wie er selbst den Ehering seines Großvaters Roberto trug, den er nie kennengelernt hatte, beide nicht, weil sie schon tot waren, als Helene und er geboren wurden.

Alles war vorbereitet. Den türkisblauen Schalenkoffer hatte er gar nicht erst ganz ausgepackt. Er mußte nur noch aufstehen und sich anziehen. Um halb fünf würde Bongani ihn mit dem Taxi vor dem Blue Waters abholen. Es konnte fast nichts mehr schiefgehen, es lief alles nach Plan, der ihm allerdings plötzlich unlogisch erschien, je länger er darüber nachdachte, geradezu absurd. Warum wartete er nicht einfach noch die zwölf oder vierzehn Stunden, bis Merete im Flieger saß? Bongani würde ihn nach Umhlanga Rocks bringen. Umhlanga Rocks war ein kleiner Badeort nördlich von Durban. Irgendwie hatte er es doch noch geschafft, zwei Dormicum – oder waren es drei gewesen? – in wenig Wasser aufzulösen und das ganze unbemerkt in Meretes Cola zu schütten, die so süß war, daß man die Bitterstoffe kaum schmeckte. Sie hatte das Glas leer getrunken, beiläufig und arglos, und er hatte ihr zugesehen, und mit jedem Schluck, der in ihrer Kehle verschwand, war sein Entsetzen gewachsen. Er wollte schreien, hör auf; doch er schrie nicht. Er sah ihre schönen knochigen Hände an mit den abgekauten Fingernägeln, und sein Entsetzen machte einer dumpfen kalten Befriedigung Platz. Sein Plan funktionierte. Wie einfach es war, Merete zu täuschen.

2

Vielleicht hast du recht«, schrieb Andreas, »und nichts ist so schwer zu ertragen wie der Gedanke, plötzlich: Was wir uns nicht vorstellen können – aus Schwäche, aus Angst, aus Mangel an Einfühlungsvermögen –, existiert nicht, hat nie existiert, auch wenn wir genau wissen, daß es geschehen ist und geschieht.« Es war der 7. Oktober 2001. Die Rückseite der Postkarte zeigte eine MD-11-Maschine der Swissair im Flug über die schneebedeckten Alpen. »Kaum schließe ich die Augen«, schrieb er weiter, »um endlich zu schlafen, verschwinden die Bilder und Wörter aus meinem Kopf, als könnte ich mich nie mehr an irgend etwas erinnern. *Every nerve in my body is so vacant and numb.* Ich sitze im Flughafen von Johannesburg und höre mit dem Walkman *Not dark yet;* den Song haben wir noch gestern gemeinsam gehört. Und ich denke an dein Gesicht, Merete, das ich gesehen habe, fast tausendeinhundert Mal im Augenblick der Lust, wenn es sich aufweicht und verzerrt und seine, verzeih mir, sorgsam gehütete Häßlichkeit preisgibt, die sich im Moment unverschämter Offenbarung verwandelt –« Andreas hielt inne, die Karte war voll. Er blickte auf und sah zu, wie die Maschine aus Zürich von der Ankunftstafel verschwand. Dann nahm er eine zweite Postkarte – sie zeigte dasselbe Motiv – aus der Außentasche seines alten blauroten Rucksacks und schrieb weiter: »Du hast den Ausdruck erfunden, erinnerst du dich? Der Moment unverschämter Offenbarung als Synonym für den Orgasmus, der die eben erst preisgegebene Häßlichkeit in Schönheit verwandelt; ja in helle klare Schönheit, während deine Pupillen Zuflucht suchen hinter den halb geschlossenen Lidern. Ich bin ein sentimentaler Hund, Merete. Einmal habe ich während fünf Monaten jedes ›Mal‹ in meiner Agenda notiert und die Zahl auf unsere neun Jahre hochgerechnet, es sind ziemlich genau tausendeinhundert.«

Auch die zweite Postkarte war voll. Eine dritte hatte er nicht gekauft; aber die Innenseite einer leeren Packung Parisienne Extra würde es ebenfalls tun.

»Dagegen ist jede Erinnerung beruhigend«, schrieb er weiter, »auch wenn sie so weh tut, so fraglos schön ist, so beschämend oder entwürdigend, daß die einzige Rettung vor ihr darin besteht, ins nächste Flugzeug nach Durban, Boston, Kuala Lumpur oder Kairo zu steigen, sich dort in einem jener schon ziemlich heruntergekommenen Hochhäuser, aus dem noch die Armierungseisen für weitere Stockwerke ragen und das inmitten von identischen Hochhäusern verschwindet, ein winziges, möbliertes Apartment zu mieten und irgendwo einen Goldhamster zu kaufen. Und genau das werde ich tun. Verschwinden und einen Goldhamster kaufen. Vorläufig aber – sicher bis zum 18. Oktober – erreichst du mich im Blue Waters Hotel in Durban. Es liegt direkt am Indischen Ozean. Aber was erzähle ich dir da –«

Andreas steckte alles in einen Briefumschlag, adressierte ihn an Mrs Merete Huber Lazzaroni, Käferberg 11, CH-8049 Zürich, Switzerland, kaufte eine Marke und warf den Brief in eine Mailbox für internationale Post.

Die Postkarten hatte er gestern abend vor dem Abflug in Zürich am Kiosk gekauft. Zwei Wochen nach den Attentaten auf die Twin Towers hatte ein 64jähriger Schweizer vierzehn Mitglieder des Zuger Regierungsrats und sich selber erschossen. Fünf Tage später waren die Maschinen der Swissair am Boden geblieben. Wie kleine dumme Spatzen, dachte er, die sich für Adler gehalten, sich überfressen und aufgebläht hatten, bis sie endlich platzten. Die Swissair gab es seit letzter Woche nicht mehr, und die Bevölkerungsmehrheit beeilte sich – über ihre Bestürzung, ihre plötzliche Wut auf den Staat, die Banken und die verantwortlichen Manager selber am meisten erschrocken –, ihr Erschrecken zu verniedlichen und die übriggebliebenen Souvenirs aufzukaufen: Postkarten und Schlüsselanhänger, Bastelbögen und handliche Swissair-Flugzeuge aus Leichtmetall, Plüsch oder Plastik. Alle diese Dinge waren wie gemacht für gestreßte Mütter und Väter, die ihre Mitbringsel abends um zehn neben die Kopfkissen der schlafenden Kinder legten. Kleine Opfergaben, die die Kinder am nächsten Morgen – die Mütter und Väter saßen längst im nächsten Flieger – mit einem müden Lächeln dem slowakischen Kindermädchen zeigten. Kindermädchen aus der Slowakei waren beliebt. Sie jammerten nicht, im Gegensatz zu manchen Südamerikanerinnen – sagten Martha und Alex –, die sich um ihre eigenen Kinder sorgten, die bei irgendwelchen Verwandten in Bolivien lebten. Slowakinnen waren stolz auf die Arbeit, die sie verrichteten, so daß man nicht ständig ein schlechtes Gewissen zu haben brauchte. Natürlich waren sie illegal hier, doch das ließ sich regeln; alle drei Monate reisten sie für ein paar Tage in ihre Heimat.

Merete hatte ihn zum Flughafen begleitet. Der Abschied war gräßlich gewesen. Merete hatte die Postkarten mit den Swissair-Maschinen ausgesucht. »Schreib mir«, sagte sie, »versprich mir, daß du mir schreibst.« Und Andreas hatte es ihr versprochen, und weil sie beide noch immer unschlüssig und mit hängenden Armen, die sich wie überflüssige Körperteile anfühlten, dastanden, hatte er weitergeredet. Die Swissair, sagte er, sei für die meisten Schweizer ihrer Generation – Mittdreißiger, Akademiker, die noch immer sozialdemokratisch wählten, vermutlich aus purer Nostalgie – längst zum einzig vertretbaren Synonym für Heimat geworden. Ja, hatte Merete gesagt, und sie hatte ein letztes Mal gewunken, und während Andreas noch darüber rätselte, was genau es war, woran die Souvenirs erinnern sollten: an das Verlorene oder an die Empfindung des Verlusts selbst, hatte er die Paßkontrolle schon hinter sich gelassen.

Es war kurz nach halb acht. Er hatte Zeit, der Weiterflug nach Durban ging erst um Viertel nach zehn.

Die Ankunftshalle des Johannesburg International Airport war überfüllt; ein gesichtslos moderner Gebäudekomplex, den man über die Reisenden und das Flughafenpersonal gestülpt hatte, wie man ein Bierglas über lästige

Wespen stülpte und ungerührt wartete, bis sie an ihren eigenen Stoffwechselprodukten erstickten. Afrikanische Geschäftsmänner dösten, die Aktenmappe im Schoß; ein paar indischstämmige Frauen in leuchtenden Saris bereiteten ein üppiges Frühstück zu und beruhigten die Kinder, wenn sie greinend erwachten. Zwei ältere deutsche Touristinnen – jede mit einem Reiseführer auf den Knien – unterhielten sich angeregt über die Terroranschläge. Wenn man jetzt nicht mehr reiste, sagte die eine, gab man den Terroristen das Gefühl, sie hätten etwas erreicht.

Andreas griff nach einer der Daily News, die überall herumlagen. In Kapstadt war eine 45jährige Frau, gebürtige Finnin, in der Küche ihrer Wohnung tot aufgefunden worden, inmitten von dreiundzwanzig halb verhungerten Katzen. Die alleinstehende Frau – Nachbarn bezeichneten sie als unauffällig, die Katzen hatten sie nie zu Gesicht bekommen – hatte über mehrere Monate hinweg für jede einzelne Katze ein Art Protokoll erstellt; was und wieviel sie aß, Zeitpunkt und Beschaffenheit ihrer Ausscheidungen, wann sie ihr Fell säuberte und sonstige Eigenheiten. Nicht in ein Heft hatte sie ihre akkuraten Beobachtungen notiert, sondern auf die Zimmerwände – in finnischer Schrift, stellte Andreas sich vor, deren lange, mit vielen Diphthongs durchsetzte Wörter sich von Tag zu Tag enger zusammendrängten. Die Todesursache, las er, war noch Gegenstand der Ermittlungen, Fremdeinwirkung konnte aber praktisch ausgeschlossen werden. Am Freitagabend war bei einem Studentenfest in Durban eine Massenpanik ausgebrochen, als sich rund tausend Besucher in einen bereits überfüllten

Raum drängen wollten. Dabei wurden zwei Menschen (ohne nähere Angaben zu Alter, Geschlecht oder Herkunft) zu Tode getrampelt.

Andreas legte die Zeitung weg und zündete sich eine Zigarette an, die erste nach dem elfstündigen Flug. Sofort drehten sich die beiden Deutschen indigniert um. Hier war bestimmt Rauchverbot, dachte er und erhob sich, um eine Raucherzone zu suchen. Doch er war kaum aufgestanden, als ein dicklicher schwarzer Junge – er trug ein blaues Adidas-T-Shirt, seine blaue Mütze wies ihn als Porter aus – in Windeseile sein Gepäck behändigte. Nach kurzem Wortwechsel folgte er ihm durch endlose Gänge an anderen übernächtigten Touristen und Geschäftsreisenden in allen Schattierungen menschlicher Hautfarben vorbei zum Sektor für Domestic Flights. Der Junge setzte den Koffer ab, und während er Andreas' Rucksack noch mit beiden Armen festhielt, bat er mit plötzlich unterwürfiger Stimme um *some money for the porter please.* Andreas lachte, als könnte ein weißer Europäer diese Dienstleistung, sagte er, auch heute noch für die selbstverständlich übernommene Geste eines minderwertigen Schwarzen halten.

»You're a rich man, Sir«, sagte der Junge ungerührt, *»and I am a poor boy.«*

Andreas war verblüfft. Er starrte den Jungen an, der jetzt genüßlich seine makellosen Zähne bleckte, und drückte ihm ziemlich grob so viele südafrikanische Rands in die ausgestreckte Hand, daß der Junge, der ihn um einen halben Kopf überragte, ihn seinerseits verblüfft anstarrte, bevor er sie grinsend und mit *thank you Sir, thank you very much, welcome to South Africa* in der Gesäßtasche seiner Trainingshose verschwinden ließ.

Welcome to South Africa – Andreas war, mit Ausnahme Kairos, die hier nicht zählte, zum ersten Mal in Afrika. Schütteln Sie Nelson Mandela die Hand, dachte er, und versichern Sie ihn Ihres tiefempfundenen Mitgefühls; verlieben Sie sich in eine schwarze Schönheit und kaufen Sie ihr vor der Rückreise einen Stempel ab, der Sie als empirisch geprüften Anti-Rassisten ausweist; besuchen Sie in Port Elisabeth den Policeroom 609, ziehen Sie sich die in drei Größen (L, XL und XXL) bereitliegende Gänsehaut über und begnadigen Sie postum einen der Anführer des Black Conciousness Movement. Der Medizinstudent Steve Biko war 1977 nach schwersten Mißhandlungen in Polizeigewahrsam gestorben (*remember a song by Peter Gabriel,* lebte der noch?, *September 77, Port Elisabeth, weather fine, business as usual in policeroom six o nine, oh Biko, Biko, because Biko, Yihla Moja, the man is dead, a man is dead*); weinen Sie Tränen der Rührung über Ihre eigene Menschlichkeit, die zu empfinden Sie sich nicht mehr zugetraut hätten; boykottieren Sie bei Ihren Bargeldbezügen die Schweizer Banken, die mit ihren Krediten während der Apartheid die Wirtschaftssanktionen der Schweiz und der UNO untergruben; lassen Sie sich von den zahlreichen Streetkids überfallen und ausrauben – eine echte Erfahrung, weil Sie es sich wert sind.

Der Junge hatte sich pfeifend entfernt, und Andreas setzte sich in die Raucherzone, die übersät war von Plastiktüten, halbgerauchten Kippen, Pet-Flaschen und Streichhölzern, zerknüllten Papierchen und umgekippten Aludosen, aus denen abgestandene braune oder gelbliche Flüssigkeiten sickerten, als hätte die Putzkolonne den Auftrag, sämtlichen Müll des Flughafens den paar übriggebliebenen Rauchern direkt vor die Füße zu karren. Er rauchte hastig (drei oder vier Parisienne Extra hintereinander), doch die lächerliche Empörung über den Jungen, der ihn zu einer Art Ablaßhandel genötigt hatte, legte sich nur langsam. Er hielt sich nicht für einen besonders guten Menschen, aber noch weniger wollte er sich für ein blödes weißes Arschloch halten müssen. Als Kind hatte er an die Erlösung der Welt durch das Leiden geglaubt, das er ganz allein auf sich nehmen würde – wie oft hatte er sich in seinen Träumen ans Kreuz schlagen lassen, und als er erwachte, hatte er sich glücklich gefühlt und wichtig, als hätte seine Existenz irgendeine Bedeutung für die Welt. Dieser Glaube hatte nicht sehr lange vorgehalten, und das selbstbewußte Beharren des vielleicht Sechzehnjährigen auf dem Opferstatus irritierte ihn, als könnte es sich dabei bloß um einen automatischen Reflex auf die jahrzehntelang erlittenen Demütigungen seines Volkes handeln und nicht einfach um eine offensichtlich gewinnbringende Strategie.

Er sah dem Rauch nach, wie er sich, von den Entlüftungsschächten an Decke und Wänden abgezogen, in Luft auflöste, und fühlte, was er längst wußte, wie er selbst, fernab der Geschichte Südafrikas, Teil jenes Systems geworden war und der Junge nichts anderes tat, als eine Rolle perfekt zu spielen, die er (und viele andere) von ihm erwarteten, und daß es nur konsequent wäre, wenn der arme Junge unter dem Adidas-T-Shirt das Konterfei von Bin Laden spazierentrüge, das sich in den Townships – wenn man den Gerüchten Glauben schenkte – in diesen Tagen verkaufte wie frisches Brot.

Der Junge hat mich erwischt, entschied er sich, und ich möchte gar nicht genau wissen, wo. Er seufzte – wie jemand, dachte er, der einen zu weit führenden Gedanken aufgibt –, rauchte eine letzte Zigarette, kaufte im nahen Coffeeshop einen Takeaway-Pappbecher mit einer heißen Brühe, die bitter und tröstlich auf der Zunge brannte, und stellte sich in die Warteschlange vor dem Check-in nach Durban.

Es war trotz Klimaanlage und der frühen Morgenstunde schon drückend – die Vorhersage für Durban und die ganze Ostküste verhieß Regenschauer bei siebenundzwanzig Grad –, und der kaum ahnbare südafrikanische Frühling von draußen vermischte sich mit der trägen Wärme Hunderter menschlicher Körper, die fast alle mit leicht gekrümmtem Rückgrat vor dem Check-in standen und, über ihre Flugtickets gebeugt, vor sich hin dösten, als erinnerten sie sich gemeinsam an die nackten, schwitzenden Körper ihrer Eltern, die sie gezeugt hatten, nachlässig oder sehnsüchtig oder beides zugleich.

Auf dem Foto war sie jung und hübsch; dabei wirkte sie anrührend und unerreichbar zugleich, wie man es meist nur für Momente ist, dachte Michele, wenn es dämmert über dem Tal – *la lumière des femmes* nannten die Franzosen diese letzten, flach einfallenden Sonnenstrahlen – oder in den Augen des Liebenden, wenn er zu früh erwacht und der Geliebten beim Träumen zusieht. Es war der zweite Juli 1958, kurz vor Mitternacht, und morgen würden sie heiraten. Sie hatten noch nie miteinander geschlafen. Almut war sechsundzwanzig und hatte wohl überhaupt noch nie mit einem Mann geschlafen. Sie hatten nicht weiter darüber gesprochen. Als sie im Februar beschlossen, daß sie im Sommer heiraten würden, schien es wie selbstverständlich, damit zu warten. Es gab einiges zu tun, Almut mußte ihre Stellung bei der Arztfamilie Weber in Schaffhausen kündigen, der ganze Papierkram mußte erledigt und was von ihrer Aussteuer übriggeblieben war nach Celerina gebracht werden. Es war nicht viel, ein paar Kopfkissenbezüge und Teile des Silberbestecks, das sie im letzten Moment noch eingepackt hatten, als sie vor den Soldaten der Roten Armee geflohen waren. Seit Stunden saß Almut mit ihrer Mutter, die gestern aus Waldshut angereist war, unten in der Küche und besprach mit ihr all die wichtigen Dinge, die Mutter und Tochter vor einer Hochzeit zu besprechen hatten. Morgen nachmittag würden sie in der kleinen Kirche San Gian, die nur noch für Beerdigungen und Hochzeiten gebraucht wurde, vor den Altar treten und ja sagen. Almut würde ein weißes Kleid tragen und er selbst den neuen schwarzen Anzug.

Michele Lazzaroni saß in seinem Zimmer, das sein Junggesellenzimmer gewesen war und bald ihr gemeinsames Schlafzimmer sein würde. Eingerichtet war es schon, sie hatten zwei neue Betten gekauft und sie auf der Unterseite mit Schraubzwingen zusammengefügt.

Almuts Züge waren ebenmäßig, die Haut schimmerte, und die hellen, halblangen Haare hatte sie mit zwei schmalen Spangen aus dem Gesicht genommen. Ein bißchen merkwürdig schien vielleicht, daß sie die Augen geschlossen hatte, obwohl sie offensichtlich nicht schlief und wußte, daß sie fotografiert wurde. Das Bild war kein Schnappschuß, sondern eine Inszenierung. Es war Micheles Idee gewesen, sie so zu fotografieren. Er fotografierte grundsätzlich alle Menschen mit geschlossenen Augen. »Damit Sie sich selber so sehen können«, pflegte er ihnen zu sagen, »wie sonst nur andere Sie sehen.« Außerdem gaben die Leute mehr von sich preis, fand er, wenn sie nicht in die Kamera schauten oder auf ihn. Sie gaben ihre Einzigartigkeit preis. Und er liebte es, ihnen dabei zuzusehen. Er liebte den Moment, wo sie sich vergaßen. Almut Langer war eine von vielen Gästen des Cresta Palace, die er in den letzten paar Jahren in ihrem Hotelzimmer fotografiert hatte. Männer, Frauen und Kinder, alte und ein wenig verbitterte Menschen genauso wie häßliche oder frisch verliebte. Das Foto war auf der Rückseite beschriftet und datiert, Almut Langer, Kindermädchen, wohnhaft in Schaffhausen, aufgenommen am 14. Februar 1956 im Cresta Palace, Celerina. Almut hatte zuerst nein gesagt. Sie wollte nicht fotografiert werden. Nicht von ihm, und nicht *so.* Es lag etwas in Micheles warmen dunklen Augen, das sie bedrohte. Jedes Mal wenn sie ihn sah – meistens von weitem, sie trat aus dem Speisesaal, und er saß am Empfang –, drang etwas Unvertrautes, Heißflüssiges in ihren Körper und weichte ihn wie von innen her auf. Sie fühlte sich elend und nackt und gleichzeitig aber auch freier, mutiger und großzügiger, als sie es war und wahrscheinlich sein konnte. Deswegen hatte sie doch noch eingewilligt. Sie wollte wissen, ob sie ein anderes Bild von sich bekäme, als es der Badezimmerspiegel jeden Morgen und Abend zurückwarf. Auf dem Foto sah sie hübsch aus und unauffällig wie alle anderen. Als hätte sie nichts zu verbergen. Das Bild machte sie beinahe glücklich. Aber das würde sie Michele nie erzählen, dachte sie, auch jetzt nicht, wo sie bald verheiratet waren. Ein Mensch mußte seine Geheimnisse bewahren, sonst kam er sich selber abhanden. Wer nicht die Kraft hatte, ein Geheimnis für sich zu behalten, der wurde auch in anderen Dingen schwach, das hatte ihr Vater früher immer gesagt, wenn sie ihn gebeten hatte: Erzähl doch, wie ist es in Rußland gewesen, sag doch, hast du wirklich Menschen erschossen? Sie konnte sich nicht vorstellen, daß er es getan hatte, ängstlich und blaß, wie er immer gewesen war, dabei ein leidenschaftlicher Lehrer; er hatte Latein und Griechisch unterrichtet an einem städtischen Gymnasium in Breslau, das jetzt in Polen lag und Wroclaw hieß. Daß er sich vierunddreißig – Almut war kaum zwei Jahre alt gewesen und konnte sich nicht an diese Zeit erinnern – freiwillig zur Wehrmacht gemeldet haben sollte (um zwei Jahre später wegen Untauglichkeit entlassen und einundvierzig erneut eingezogen zu werden), konnte nur ein böses Gerücht sein. Ihre Mutter war immer gegen diesen Krieg gewesen, das wußte sie bestimmt.

Sie saß auf einem Hocker, lehnte den Kopf an die Wand, über die sich eine Tapete mit Rosenmuster zog, und lächelte halb beschämt, halb siegesgewiß in die Kamera. Es sah aus, als verachte sie den Fotografen ein wenig, weil sie zu wissen glaubte, daß er in sie verliebt war, und weil sie ahnte, daß er sie gerade deswegen nur um so mehr liebte. Tatsächlich war es das Foto gewesen, das Michele für Almut eingenommen hatte. Nicht, daß er in sie verliebt war, doch er konnte sich vorstellen, neben ihr alt zu werden. Almut gefiel ihm, wie hundert andere Frauen ihm gefielen, und weil das so war, würde er ihr morgen nachmittag in die Augen sehen und für immer ja sagen. Er hatte aufgehört, wie ein Kind an eine einzige richtige Wirklichkeit zu glauben, die sich hinter den vielen verschiedenen ausgedachten Möglichkeiten verbarg und eines Tages zum Vorschein käme, leuchtend und klar. Er würde sich Almut so lange erfinden, bis sie einzigartig würde, und umgekehrt würde er sich von ihr so lange erfinden lassen, bis er für sie wirklich würde, und vielleicht würde er manchmal, für eine winzige Sekunde nur, an Alejandro denken, dessen Liebe er verraten hatte. Sicher würde er an Alejandro denken.

Es war Sommer, und sie saßen auf der neu erbauten Terrasse. Ein Stück des Vorgartens war dadurch verlorengegangen, aber alle – Andreas' Vater, seine Mutter und Omama – waren der Meinung, es habe sich gelohnt. Michele war ein geschickter Handwerker. Die Breslauer Großmutter – die Kinder nannten sie Omama – war zu Besuch und hatte Andreas gefragt, was er denn mal werden wolle, wenn er groß sei. »Kopfarzt«, sagte er wie aus der Pistole geschossen, »und dann mach ich Helene gesund.«

Es war augenblicklich still gewesen. Andreas sah zu Boden; jemand hatte ein bißchen Tee verschüttet, und die bräunlichen Flecken tanzten wie UFOs vor seinen Augen auf und ab. Michele hatte ihm von UFOs erzählt – Raumschiffe, die von weit her kamen, von fremden Sternen, und manchmal nahmen sie jemanden dorthin mit.

Es war noch immer still, stiller noch als mitten in der Nacht, wenn er mit naßgeschwitztem Pyjama erwachte und nicht wußte warum, oder vielleicht doch. Unter dem weißen Kissenbezug – in die rechte untere Ecke hatte Omama ihre Initialen gestickt (LL für Liese Langer) – wohnten die Träume der Hotelgäste des Cresta Palace und lauerten ihm auf. Geheimnisvoll und unsichtbar wie Bakterien, die sich im Körper einnisteten, ohne daß man es merkte, und wenn man es merkte, war es zu spät. Amalia, Roberto und Michele hatten früher im Cresta Palace gearbeitet, und sämtliche Kopfkissen, die sie besaßen, stammten von dort. Seine Mutter hatte ihn beruhigt, Träume waren keine Bakterien, Träume blieben in den Köpfen der Menschen, die sie geträumt hatten. Aber er wußte, daß es nicht stimmte.

Seine Mutter putzte die Holz- und Steinböden der Chesa Michele jeden zweiten Tag mit kaum verdünntem Javelwasser, und dann roch es im ganzen Haus nach Hallenbad. Im Hallenbad in St. Moritz gab es eine Dusche, die die Füße von Pilzen desinfizierte, von denen es in Hallenbädern nur so wimmelte. Aber Kinder hatten es gut. Sie wußten, sagte die Mutter, noch nichts von dieser Welt, die zwar häßlich und böse war, aber auch schön. Beides zusammen, sagte sie, es war manchmal fast nicht zum Aushalten. Äpfel durfte man nicht mit der Schale essen. Aber Andreas war zum Glück noch klein, und sein Herz war noch rein. Im November wurde er fünf Jahre alt und sechs Minuten später auch Helene.

Wie viele Minuten waren vergangen, seit er das mit Helene gesagt hatte? Eine einzige oder hundert Milliardenzehntausend? Er hob so langsam wie möglich den Kopf, und dann sah er es: Als hätte seine Ankündigung die dünnwandigen Teegläser in die Luft gesprengt, lagen überall Splitter auf dem Tisch. Michele war aufgestanden und wischte die Glassplitter zusammen. Damit konnte man sich die Pulsadern aufschneiden. Wie Helene, »die andere Helene«, es getan hatte, die beste Schulfreundin der Mutter, gleich nach dem Krieg. Fünfzehn Vergewaltigungen konnte eine Frau überleben, sagte die Mutter, aber sie war ja noch ein Kind. Sie war dreizehn wie ich. Andreas hatte seine Mutter nicht gefragt, was das Wort Vergewaltigung meinte. Zum Geburtstag wünschte er sich ein Mikroskop. Dann würde *er* sich die Pulsadern aufschneiden und endlich all die Mikroben und Bakterien sehen, die sein Blut vergifteten.

Hatte Hitler sich erschossen, weil er wußte, daß er ein böser Mensch war, oder weil er wußte, daß er den Krieg verloren hatte und sowieso von den Guten umgebracht würde? Mutter sagte, das könne man nicht wissen, weil Hitler gar kein Mensch gewesen sei. War er denn ein Astronaut, hatte Andreas gefragt, oder war er ein verkleidetes Raubtier? Mutter hatte gelacht. Wenn sie lachte, hielt sie sich schnell die Hand vor den Mund. Ihre Hände waren rissig von der Bergluft und vom ewigen Geschirrspülen. Hitler war ja einfach ein Wahnsinniger, sagte sie dann, aber das durfte man damals nicht sagen. Der Bäckermeister drei Häuser weiter unten an der Straße war ein überzeugter Nazi, und wir Kinder wußten genau, was wir nicht sagen durften. Zum Beispiel dieser Rußlandfeldzug im Winter, sagte sie, das konnte nur ein Wahnsinniger machen. Er hat seine eigenen Soldaten in den sicheren Tod geschickt, das mußt du dir mal vorstellen. Und Andreas hatte sich den Tod vorgestellt, erinnerte er sich, als eine Art Riesenmensch mit vielen starken sicheren Armen. Die russischen Winter waren bitterkalt, kälter noch als hier im Engadin. Da haben wir Wollsocken gestrickt, sagte die Mutter, deine Omama, Tante Margarethe, die ja jetzt in Australien lebt, und ich, für unsere Soldaten, damit sie in Stalingrad nicht erfrieren. Aber natürlich sind sie trotzdem erfroren. Erfrieren, das wußte er schon, war nicht so schlimm. Alles im Körper zog sich zusammen und wurde immer kleiner, und das Herz wurde hart und klein wie ein Kieselstein, bis man gar nichts mehr spürte und einschlief.

Das mit Helene hätte er nicht sagen dürfen. Helene war und blieb ein schielendes Mongolenkind. Solche Mongolenkinder hätte man damals vergast, sagte die Mutter, und er wußte nicht recht, ob er Angst haben sollte vor ihr, während sie Helenes blonde Haare kämmte und hoch oben am Kopf mit einem roten Gummi zum Pferdeschwanz band, was konnte man mit so dünnen, bleichen Haaren auch sonst tun. Seine eigenen Haare waren kräftig und gelockt und beinahe schwarz; er war eben der ausgespuckte Vater. Dein Vater ist eine Spur zu schön für einen Mann, sagte die Mutter manchmal traurig, wenn sie abends vergeblich auf ihn warteten und das Essen in den Tellern kalt wurde, aber ich liebe ihn und ich werde ihn immer lieben. Und wenn der Vater später doch noch kam, mit Rosen in der Hand, und die Mutter umarmen wollte und sie, statt sich zu freuen, in Tränen ausbrach und sagte, du machst mich krank, dachte er, daß Lieben eine äußerst merkwürdige Krankheit war.

Mutter und Omama beugten sich endlich über die Krümel in ihren Kuchentellern und tupften sie mit den Fingerspitzen auf. Und Vater suchte seine Unterarme nach verborgenen Anzeichen für Hautkrebs ab. Er war besessen von der Vorstellung, an Hautkrebs zu sterben, obwohl man 1970 noch kaum von Hautkrebs sprach. Nur Helene hatte die ganze Zeit über weitergegessen. Sie schob sich das dritte Stück schlesischen Streuselkuchen mit Butter und Puderzucker in den Mund – Sträselkucha, sagte die Omama – und erwiderte die neugierigen Blicke mancher Touristen, die von ihren Bergtouren ins Dorf zurückkehrten, mit ihrem unversehrten Gleichmut, der Andreas zum ersten Mal so beschämte, daß er sie heftig in die Seite boxte, worauf sie wie ein Taschenmesser zusammenklappte und sich vom Stuhl fallen ließ, blöd wimmernd wie ein Baby.

Michele hatte die restlichen Gläser und Teller zur Seite geschoben und ihn am Hosenbund gepackt – manchmal faßte Andreas das Nachbarskätzchen mit beiden Händen am Genick, hob es in die Luft und ließ es los, um zu sehen, wie es fiel. Michele hatte ihn über den Tisch gelegt, so daß seine Schuhe knapp den Boden berührten, und er hatte ihn zum ersten und einzigen Mal geschlagen, dorthin, wo der Rücken sich in die beiden Pobacken teilte, mit seinen kräftigen Händen, deren glühende Wärme ihm wie Feuer unter die flaumige Haut fuhr. Die Schläge stiegen hoch über das Dorf hinaus in den Abendhimmel und verhallten. Sie bedeuteten nichts. Und nichts von dem, was geschehen war, was in diesem Augenblick geschah und in seinem ganzen späteren Leben geschehen würde, dachte Andreas, würde je etwas bedeuten. Wenn man tot war, flog man in den Himmel und sah die Welt von oben.

Andreas zuckte zusammen. Ein dünnes blondes Mädchen stand neben ihm und sah ihn neugierig an. Es hatte mattgrüne Augen – Meretes Augen – und mochte ungefähr sechs Jahre alt sein. Hatte er geschrien oder laut mit sich selber geredet, wie Michele es offenbar immer häufiger tat? Almut hatte letztes Mal am Telefon gesagt, wann war das?, er leide an beginnendem Alzheimer, er rede mit sich selbst und vergesse alles, aber das behauptete sie seit Jahren.

Er hatte nicht geweint damals. Er lag bäuchlings auf dem Tisch und prägte sich die Maserungen der Holzlatten ein, die sein Vater eigenhändig zersägt hatte, zählte die Astlöcher und Jahresringe.

Jeden Abend las ihm die Mutter Geschichten aus der illustrierten Kinderbibel vor. Er wollte, wie jedes Kind in diesem Alter – wie Jonathan und Severin, dachte er –, immer die gleiche Geschichte hören, die Geschichte von Abraham und Isaak. Und jetzt war er selber Isaak, der geliebte Sohn, den sein Vater opfern mußte, weil Gott es ihm befohlen hatte, um seinen Glauben zu prüfen. Nein, er war der prächtige Widder, der gerade noch rechtzeitig aus dem Gebüsch hervorkam, als Abraham schon das Holz aufgeschichtet und Isaak auf dem Stapel festgebunden hatte. Michele hatte Gott um Hilfe gebeten – Andreas hörte jeden Abend sein trauriges, verschämtes Gemurmel auf der anderen Seite der Zimmerwand, wo die Eltern schliefen –, und Gott hatte, überlegte er, ein Opfer verlangt.

Micheles Wunsch war bescheiden: Er wollte vergessen können. Und es half. Mit jedem Schlag auf den vollkommen gerundeten Po seines Sohnes, dessen Schönheit ihn so wehrlos machte, vergaß Michele ein bißchen mehr, daß er Helene nicht lieben konnte. Vielleicht war es nur der Schmerz darüber, dachte Andreas, den Hinterkopf des blonden Mädchens betrachtend, den sein Vater für Momente vergessen hatte.

Andreas zählte bis dreizehn mit, und mit jedem Schlag wurde er ein Jahr älter. Bis dreizehn konnte er zählen. Dreizehn Jahre alt waren seine Mutter und ihre beste Freundin gewesen, als der Krieg zu Ende war. Danach war man entweder tot oder erwachsen für immer.

Er lächelte das Mädchen an. Es war eigentlich ziemlich häßlich mit der spitzen Nase und dem kleinen Mund, dachte er, aber da es ihm offensichtlich noch niemand gesagt hatte, trug es seine Häßlichkeit mit verblüffender Anmut. Das Mädchen lächelte zurück.

»Are you going to Durban?« fragte er.

»Yes, of course«, sagte das Mädchen, *»everyone here in this queue is going to Durban.«*

Das Mädchen war braungebrannt und trug eine überlange gelbe Strickjacke, deren Ärmel verknotet waren, so daß man seine Hände nicht sah. Sie hieß Isabella, kam aus Deutschland und besuchte ihre Großeltern; ihr Vater war in Durban geboren.

Merete wahrscheinlich auch, dachte Andreas. Sie hatte erst vor wenigen Monaten, Jonathan fragte immer hartnäckiger nach den *richtigen* Großeltern, im Internet eine Suchanzeige aufgegeben. Es existierten mehrere südafrikanische Sites, wo Menschen aus der ganzen Welt nach ihren Verwandten und Bekannten suchten, die irgendwann irgendwo in Südafrika verschollen waren.

Female, white (?, some indian ancestors?), born most probably 1965 in/around Durban, found at 9 p.m. on July 4th 1965 in Durban, at the corner Soldiers Way/Commercial Street, lying on a piece of carpet on the floor, covered with two blankets, at the age of +/- three months, wearing a white pullover, a dirty white woolen jacket and red woolen trousers far too big, naked feet, black hair, green eyes, healthy, given name/surname unknown, no special signs, is looking for her mother and/or father or any person who might have known her or her parents at the time. Please contact mehuber@gmx.net.

»Es klingt vielleicht merkwürdig«, hatte sie zu ihm gesagt, »aber auf deutsch hätte ich die Anzeige nie aufgegeben.«

»Na ja«, hatte er gemeint, »das würde wohl auch keiner verstehen.« »Das meine ich nicht. Ich meine, es kommt mir so vor, als betreffe es gar nicht mich. Und das stimmt ja auch. Ich kann mich schließlich nicht daran erinnern.«

Es waren die letzten Sätze zwischen uns, dachte er jetzt, an die ich mich erinnern kann ohne Bitterkeit oder Scham, ohne Angst oder Schmerz, und er fühlte, wie sich ihre Sätze genau in diesem Moment mit jenem Schmerz verbanden, an den er nicht hatte denken wollen, und er versuchte, sich ihre rauhe, ein wenig schnippische Stimme ins Gedächtnis zu rufen, mit der sie die Sätze gesagt hatte, doch mit jeder Wiederholung klang ihre Stimme kälter, ferner, unbeteiligter.

Bis heute hatte Merete, soweit Andreas wußte, keine brauchbaren Hinweise erhalten; das hatte sie allerdings auch nicht erwartet. Ein paar Idioten hatten sie um ein Nacktfoto gebeten, und ein privater Fernsehsender wollte sie als Gast für eine Talkshow oder eine jener Suchsendungen, wo sich die Leute vor laufender Kamera in die Arme fielen, um einander wenig später anzuschreien, kraftlos und enttäuscht und von ihrer über all die Jahre genährten Hoffnung, die sie ins Fernsehstudio getrieben hatte, für immer befreit. Im Internet war Merete auf unzählige ähnliche Geschichten gestoßen, die weltweit in virtuellen Schaufenstern wie zum Sommerschlußverkauf auslagen, fadenscheinig, austauschbar, abgetragen und dennoch irgendwie modisch.

»Du kannst Amore nicht gesund machen, wann begreifst du das endlich, du dummer, dummer Dumpfkopf, *povero stupido.*« Sein Vater saß auf der Bettkante und gab ihm einen Gutenachtkuß auf die linke Backe.

»Es tut mir leid«, flüsterte Andreas und preßte die Lippen zusammen, um nicht zu weinen. Er wollte seinem Vater nicht weh tun, er ertrug es nicht, ihn unglücklich oder hilflos zu sehen, *»scusa papà«*. Michele schüttelte den Kopf und strich mit seinen groben Händen, die wie nachträglich angenäht wirkten, so wenig paßten sie zu seinem kompakten, sehnigen, aber schmalen Körper, die Bettdecke glatt, an der es gar nichts glattzustreichen gab. Der Vater hatte sein feines, zartes Gesicht behalten. Seine Lippen waren noch immer weich, die Augen warm und dunkel. Selbst die glatten halblangen Haare, die das Feminine seiner ganzen Erscheinung unterstrichen, waren nur leicht ergraut. Auf den Jugendfotos aus den Vierzigerjahren sah er schon aus wie der Tänzer, der er damals erst noch werden wollte. Er mußte dem halben Oberengadin den Kopf verdreht haben. Es gab ein Gerücht im Dorf, das Andreas erst später in der Schule zu hören bekam: Sein Vater und Rudolf Nurejew hätten sich ineinander verliebt, und sie hätten ganze Tage in der Hochzeitssuite des Suvretta House nichts anderes getan, als miteinander zu vögeln. Der weltberühmte Tänzer habe Michele sogar in die großen Städte mitnehmen wollen, wo er auftrat, nach Wien, Paris, New York. »Und gleich nach der Vorstellung, in der Garderobe«, hatte Fabrizio geflüstert, der in der Schule neben ihm saß, »wollte er ihm sein riesiges hartes Ding in den Mund stecken. Aber dein Vater hatte wohl Angst davor. Ich hätte auch Angst. Man kann dabei ersticken, sagt Luzi.« Luzi war Fabrizios Bruder. Er war fünf Jahre älter und fuhr abends mit seinem knatternden Mofa durchs

Dorf. »Woher weißt du das mit der Garderobe«, hatte Andreas – ebenfalls im Flüsterton – gefragt, »wenn sie es doch gar nicht getan haben?« Das weiß man eben, schrieb Fabrizio auf einen Zettel, nachdem der Lehrer sie strafend angeblickt hatte. In der Pause schlossen sie sich in der Toilette ein, und Andreas nahm Fabrizios Ding in den Mund. Es war klein und weich, und sie lachten beide, halb verlegen und halb enttäuscht.

Fabrizio war in Celerina geblieben. Er hatte das Baugeschäft seines Vaters übernommen und eine Polin geheiratet, die in einem Nachtclub in St. Moritz tanzte und deren Brüste sogar beim Einkaufen mit den Kindern aus dem eng geschnürten Mieder quollen. Das zumindest hatte seine Mutter am Telefon erzählt. Andreas hatte sie gefragt, ob sie polnisch mit ihr spreche, und Almut hatte gelacht. »Aber nein. Erstens wüßte ich nicht, warum ich mit ihr sprechen sollte, und zweitens nicht was, und drittens habe ich die paar polnischen Wörter schon längst vergessen.«

Er hatte seinen Vater nie nach Nurejew gefragt; am Anfang nicht, weil er fürchtete, daß die Geschichte stimmte, und auch später nicht, weil er sich die Vorstellung nicht nehmen lassen wollte, daß es so gewesen sein könnte. Denn in der Zeit, die zwischen den Jugendfotos und der angeblichen Liebesgeschichte lag, hatte Michele seine Träume so gut es eben ging dem Leben angeglichen, das er führte. Kurz nach seiner Hochzeit war er ins Bankgeschäft zurückgekehrt, und bis zu seiner Pensionierung hatte er in St. Moritz gearbeitet, in derselben Filiale der Schweizerischen Kreditanstalt, wo er schon die Lehre gemacht hatte.

Er hatte immer getrunken, aber er schien es einigermaßen im Griff zu haben. Als Andreas ausgezogen war und in Zürich studierte, bauten die Eltern den oberen Stock der Chesa Michele zu einer Ferienwohnung um; dreieinhalb Zimmer und alles aus Holz. Sie machten Ausflüge, wanderten und trafen sich mit Freunden zum Fondueplausch. Voriges Jahr waren sie für drei Wochen nach Hawaii gereist. Das hatte sich Almut schon lange gewünscht, bevor es zu spät war; Michele hatte immerhin schon einen Herzinfarkt hinter sich. Auf der Rückreise hatten sie Andreas und Merete besucht – Andreas hatte Geburtstag, er wurde fünfunddreißig –, und Mutter hatte ihm angedeutet, daß sie noch immer (oder wieder) miteinander schliefen.

Die Dinge geschahen. Die Ereignisse gingen den Menschen voraus und zogen eine fahle Leuchtspur durch die Nacht, der man staunend folgte wie dem Rücklicht eines Autos, das auf einsamer, unbekannter Straße plötzlich vor einem herfuhr wie aus dem Nichts.

Vielleicht hatte Michele sich seine Träume auch nur zu bewahren versucht, dachte Andreas, und hatte deshalb alles getan, was in seiner Macht stand, um sie nicht wirklich werden zu lassen. Er würde ihn fragen, beschloß er, wenn ich ihn das nächste Mal sehe, werde ich ihn fragen. Und dann fiel ihm ein, daß Michele Geburtstag gehabt hatte; gestern, am 6. Oktober, war er siebenundsiebzig geworden.

Michele wußte nicht, ob Alejandro noch lebte. Und noch weniger wußte er, ob er es ihm wünschen sollte. Vor zwei Jahren – Ende Mai 56 – war er mit dem Zug nach Sevilla gefahren. Es war seine vierte Reise nach Spanien gewesen, und inzwischen sprach er ziemlich gut Spanisch, auch wenn er es kaum schreiben konnte. Aber auch wenn er Deutsch schreiben mußte oder Puter – die Oberengadiner Variante des Rätoromanischen, das sie in der Schule gelernt hatten –, machte er orthografische Fehler, sogar im Italienischen, das seine Muttersprache war. Wörter waren Klänge für ihn, Stromstöße und Wellen, die seine Sinne überfluteten und sich in seinem Kopf in Bewegungen und Bilder übersetzten, und in seinem Gedächtnis verbanden sich die Silben und Sätze mit den Lippen, Zahnstellungen und Zungenfurchen der Menschen, die sie ausgesprochen hatten. Die geschriebenen Wörter waren ihm zu endgültig und abstrakt, als hätten sie vergessen, dachte er, woher sie kamen und daß sie genauso sterblich waren wie die Menschen, die sie gebraucht hatten, um ihre Geschichten aus Fleisch und Blut zu erzählen.

Das Cresta Palace schloß Ende Mai und öffnete erst wieder im Juli. Michele hatte in Triana, einem der ältesten Viertel von Sevilla, eine billige Pension gefunden und gleich für den ganzen Juni die linke Dachkammer gemietet. Er war gern allein, und außerdem kam er schnell ins Gespräch mit den Leuten, die ihn trotz seiner Leica meist für einen Spanier hielten. Am 3. Juni 56 war er vom Abendessen in die Pension zurückgekommen. In kleine, alltägliche Gedanken versunken, stieg er die schmale Holztreppe zum Dachboden hoch. Er wollte ein frisches Hemd anziehen – es war heiß draußen, und er hatte geschwitzt –; später, dachte er, würde er in der verrauchten Bar um die Ecke ein Bier trinken, und erst auf der letzten Stufe hob er den Kopf.

Auf der Schwelle zu seiner Zimmertür saß ein Fremder. Sein Gesicht war halb verdeckt von einer überwältigenden Flut langer schwarzer lockiger Haare. Seine dunkle Hose war abgewetzt, aber frisch gewaschen und gebügelt, ebenso sein weißes Hemd. Eine Aura der Unnahbarkeit ging von ihm aus, die nichts Arrogantes hatte, im Gegenteil, dachte Michele; es schien ihm, als habe der Fremde sich aus seinem Körper zurückgezogen, der nicht ihm gehörte, sondern den Blicken der anderen. Er mochte fünfunddreißig sein, schätzte er, ein wenig älter als er selbst. Michele war bald zweiunddreißig und wußte noch immer nicht recht, was er anfangen sollte mit seinem Leben und mit seiner Schönheit. Ja, er wickelte sie alle um den Finger, Männer und Frauen, ob er es wollte oder nicht.

Als er fünfzehn war – und auch später noch –, hatte er Tänzer werden wollen. Aber es hätte ihm nicht genügt, einfach nur in einem Provinzensemble zu tanzen. Und um Solotänzer zu werden, war er schon damals zu alt gewesen, mal ganz davon abgesehen, daß seine Eltern andere Pläne hatten für ihren einzigen Sohn. Er sollte sich wohl fühlen in diesem Land, und dazu gehörte ein richtiger Beruf. Vielleicht aber war es einfacher und schwieriger. Es hätte ihn geschmerzt, genau zu erfahren, wie weit die inneren Bilder, die er von seinen muskulösen Armen hatte, die ausgestreckt bis in die Fingerspitzen im Scheinwerferlicht glänzten, von seinen kraftvollen Luftsprüngen und den präzisen Drehungen, der Anmut und Leichtigkeit, mit der er sie in Gedanken ausführte, von den Bildern entfernt waren, die in den Köpfen der Zuschauer entstanden wären, hätte er wirklich auf einer Bühne getanzt.

Die kaufmännische Lehre war das einzige Zugeständnis an seine Eltern gewesen. Im Sommer 45 – das Hotel war auch während der Kriegsjahre in Betrieb gewesen – hatte Michele im Cresta Palace angefangen. Das Cresta war seit er denken konnte sein zweites Zuhause. Er mochte den flüchtigen Kontakt mit den stets wechselnden Hotelgästen, und die Arbeit an der Rezeption hielt ihn wenigstens für achteinhalb Stunden von der Fotografiererei ab, wie er seine Leidenschaft ein wenig abschätzig nannte, die er inzwischen mit einer Besessenheit betrieb, die stärker und größer war als er selbst. Wenn er seine Fotos betrachtete – alle zeigten sie Menschen mit geschlossenen Augen –, schien es ihm, als müßte er sich vervielfältigen und jedes einzelne dieser Gesichter in seinen Händen halten und es mit seinen Küssen bedecken, damit es nicht verlorenging. Der Gedanke machte ihn krank und schwach vor Sehnsucht. Und so hatte er die meisten der weit über tausend Bilder aus den Kisten genommen und sie wahllos auf dem Dachboden der Chesa Michele ausgebreitet, und die Gesichter waren langsam und stetig verblichen in der kräftigen Engadiner Sonne, die durch die beiden Kippfenster schien. Bald würden sie ganz im Fotopapier verschwinden.

Die Chesa Michele stand in der Via Maistra auf der anderen Seite der Kreuzung, kaum hundert Meter vom Hotel entfernt. Dazwischen lag das jüdische Kinderheim, ein Bau aus der Zeit der Jahrhundertwende wie das Cresta selbst, großzügig und ein wenig protzig.

Micheles Eltern stammten aus zwei benachbarten Dörfern, Averrara und Santa Brigida; sie lagen im oberen Teil des Valle Brembana, das die beiden Arme des Brembo in die gebirgige Landschaft gefressen hatten. Die Reise ins Oberengadin war beschwerlich gewesen. Über den Passo di San Marco waren Amalia und Roberto nach Morbegno gelangt, weiter ging es der Adda entlang, ostwärts bis nach Tirano, und von dort aus über die Grenze nach Poschiavo. In Poschiavo hatten sie übernachtet; vielleicht war dort die Geschichte mit dem ausgeleerten Koffer passiert. Über den Passo di Bernina hatten sie Pontresina und endlich das Engadin erreicht. Der Passo di San Marco hatte einst zum Herzogtum Venedig gehört und war im Mittelalter ein bedeutender Handelsweg gewesen – er verband Bergamo und San Pellegrino mit dem Valtellino –, wovon die herrschaftlichen Häuser des Valle Brembana ein letztes Zeugnis ablegten, das zusehends verfiel. Schon Anfang des 20. Jahrhunderts war das Tal weitgehend verarmt. Amalia und Roberto waren beide im April 56 gestorben, im Abstand von zwei Wochen, die Mutter zuerst. Beide waren sie eines Morgens einfach nicht mehr erwacht. Sie waren nicht einmal sechzig Jahre alt geworden. Dr. Pedretti hatte die Totenscheine ausgestellt und zweimal akutes Herzversagen notiert. Sie hatten einander geliebt, dachte Michele, während er den Fremden betrachtete, in der selbstverständlichen, schweigsamen Art zweier Menschen, die wußten, daß sie aufeinander angewiesen waren, viel arbeiteten und sich stets kleine, erreichbare Ziele setzten; daß ihr einziger Sohn gute Noten nach Hause brachte, damit er später einen guten Beruf erlernen konnte, neue Vorhänge in der Stube, ein zweites Radio, das sie ins Schlafzimmer stellten, einmal eine Reise nach Zürich und Basel. Daneben hatten sie eine alte gemeinsame Sehnsucht geteilt, und die hieß Ohio. Niemand wußte genau, woher sie kam – der Kontakt zu Robertos Bruder war früh abgebrochen –, sie war einfach dagewesen, als hätte sie sich eines Nachts in ihre Träume geschlichen und sich entschlossen, dort zu bleiben. Ohio war, soweit Michele wußte, nichts Besonderes. Ein welliges Tafelland, hatte Roberto das zweibändige Schweizerische Lexikon zitiert, zwei- bis dreihundert Meter über dem Meer; die Bevölkerung arbeitete in der Eisen- und Stahlindustrie, im Maschinen- und Apparatebau. Dennoch oder gerade deswegen hatten sie diese Sehnsucht in all den Jahren auf kleinster Flamme genährt. Manchmal stand irgend etwas in der Zeitung, das Ohio betraf, oder Roberto hörte zufällig, wie zwei Touristen in amerikanischem Englisch von der einmaligen Landschaft des Oberengadins und dem herrlichen Wetter schwärmten, und so war ihr wundersames Ohio im Laufe der Zeit zu einer hübschen Anekdote eingeköchelt, mit der sie einander gerne neckten. Roberto behauptete, Amalia habe mit den Auswanderungsplänen angefangen, als sie schwanger war mit Michele, doch Amalia lachte und wies auf die vergilbte Amerikakarte über dem Sofa, die ganz sicher Roberto gekauft hatte. Landkarten waren Robertos Leidenschaft gewesen. Das halbe Wohnzimmer der Chesa Michele war mit Landkarten tapeziert; links von den USA hing das Oberengadin, rechts davon eine Landkarte der Lombardei und noch weiter rechts eine Landkarte von 1935, die überschrieben war mit Europa nach dem Weltkrieg – als jener Weltkrieg, dachte Michele, noch nicht der erste in einer nicht absehbaren Reihe von Weltkriegen gewesen war.

Isabella stand noch immer neben ihm. Sie sah zu Boden und schien in ihre eigene Welt versunken, wie nur Kinder es sein konnten, wie sie es sein mußten, dachte Andreas, um irgendwann aus sich heraus und den Welten der anderen gegenüberzutreten, ohne dabei die eigene zu verlieren. Noch heute, dachte er mit leiser Verwunderung, über dreißig Jahre später, löste die Erinnerung an Micheles Schläge in ihm jene vage Empfindung aus, die Isabella noch vor sich zu haben schien. Es war die Empfindung eines Verlusts, vor dem man sich gefürchtet und den man sich zugleich ersehnt hatte: Seit jenem Sommerabend konnte er aus seinem Körper heraustreten und ihn betrachten wie ein fremdes Objekt.

In der folgenden Nacht hatte er von Helene geträumt. Er sah ihren kleinen, gedrungenen Körper mit Lava übergossen auf der Terrasse liegen, konserviert für die Ewigkeit wie die Menschen aus dem Film über Pompeji, den sie im italienischen Fernsehen gezeigt hatten.

Die alte Schwarzweiß-Kiste hatte Michele im Juni 69 kurz vor der ersten Mondlandung angeschleppt, und von da an waren sie zu fünft gewesen, Vater, Mutter, Helene, Andreas und Tivi, und wie eine richtige Familie konnten sie am Sonntagabend über fast alles sprechen, was sie unter der Woche gesehen hatten, was UFOs waren, ob es sie wirklich gab, und woher sie kamen, wo Ohio lag, und wer am ehesten der nächste Präsident der Vereinigten Staaten werden würde. Andreas erinnerte sich, daß er auf Jimmy Carter getippt und recht bekommen hatte. Und das erste Mädchen, in das er sich verliebte, war Amy gewesen, die einzige Tochter von Jimmy Carter, rotblond, sommersprossig, und wenn er sich nicht täuschte, hatte sie eine Zahnspange getragen.

Der Übergang vom Rücken zum Po war die empfindlichste Stelle seines Körpers geblieben. Nichts erregte ihn mehr, als wenn er, den Kopf im Kissen vergraben, auf dem Bauch lag und Merete mit einem Küchenmesser seiner Wirbelsäule entlangfuhr bis zum Anus und darüber hinaus. Aber Merete war nicht da, sie war in Zürich geblieben, und selbst wenn er in dreieinhalb Wochen zurückflog, wären sie beide nicht mehr dieselben, wie sie schon jetzt nicht mehr dieselben waren, die sie neun Jahre lang gewesen zu sein glaubten, seit sie einander am Zürcher Hauptbahnhof zum ersten Mal gesehen hatten.

Der Fremde saß einfach da und streichelte eine Katze. Die Katze war abgemagert bis auf die Knochen, ihr Fell stumpf und von einem verwaschenen Grau. Nein, er streichelte sie nicht. Er hielt seine Hand mit den längsten, gepflegtesten Fingern, die Michele je gesehen hatte, im Abstand von fünf Zentimetern über die Katze, die immer wieder unter dem Dach seiner Hand hindurchglitt, als wollte sie dieser verstörend zarten Geste eine Heimat gewähren.

Am liebsten wäre er wieder rückwärts die Treppe hinuntergeschlichen, um die seltsame Vertrautheit der beiden nicht zu stören, die ihn beinahe eifersüchtig machte, doch der Fremde war so in die Bewegung der Katze vertieft, die er nur mit den Augen verfolgte, daß er Michele gar nicht wahrzunehmen schien. Es war die Katze, die ihn verriet. Sie hielt plötzlich inne, drehte den Kopf zu Michele, sah ihn an und miaute. »Sie liebt dich«, sagte Michele, als der Mann endlich aufblickte. »Ach was«, sagte er, »Katzen lieben Orte, nicht Menschen«, und so begann ihre Freundschaft.

Alejandro bewohnte die rechte Dachkammer und verdiente sein Leben als Bettler. Er setzte sich an den Straßenrand und bot seine ausgestreckte Hand den Passanten dar, als appelliere er nicht an ihr Mitleid, sondern als ermächtige er sie, sich von jeder möglichen Schuld loszukaufen. Irgendwie schaffte er es, daß sie die Münzen nicht verschämt in den Hut fallen ließen, sondern sie einzeln in seine Hand legten. Michele konnte dem Schauspiel stundenlang zusehen.

Alejandro arbeitete diszipliniert wie ein Beamter, von Punkt acht bis eins und von drei bis halb sieben. Um halb sieben klingelte der Wecker, den er in seiner rechten Jakkentasche trug, und er nickte Michele zu, nahm seinen Hut und stand auf. Wenn sie danach zu zweit durch die Straßen gingen, sahen Männer und Frauen ihm nach, und Alejandro schritt noch ein wenig stolzer in die nächste Bar, wo er seinen »Jamón Serrano« bestellte. Es konnte geschehen, daß er, nachdem seine Nasenflügel kaum merklich gezuckt hatten – als sei er ein Tier, dachte Michele, das die Witterung seiner Beute aufnimmt –, den getrockneten Schinken samt Teller an die Wand schmiß, ohne ihn auch nur probiert zu haben. »Der Schinken ist schlecht«, schrie er, und keiner wagte es, ihm zu widersprechen. Im Gegenteil, der Kellner eilte herbei, zuckte bedauernd die Schultern und entschuldigte sich unterwürfig.

Sein trauriges Geheimnis war, daß er sämtliche Spielformen der Erotik beherrschte, sich aber von keinem Menschen je berühren ließ. Er pflegte seinen Körper wie ein Filmstar, er war sportlich, tanzte und schwamm, seine Haut war aus Samt und schimmerte, als warte sie nur darauf, berührt zu werden. Aber genau das war ihm unmöglich. Obwohl Michele sich sicher war, daß Alejandro ihm vertraute, zuckte er zusammen, wenn er ihn aus Versehen streifte, als hätte er ihn geschlagen.

Er war bei seiner Großmutter auf dem Land aufgewachsen, wo er stundenlang auf der Ofenbank saß und sie ihm immer wieder die magischen Sätze vorsagte: »Eines Tages kommt deine Mutter dich holen und fährt mit dir auf eine Insel. Dort wirst du mit ihr leben und glücklich sein.« Er hatte keine Erinnerung an seine Mutter, die ihn als Säugling hierhergebracht hatte und zwei Stunden später wieder weggefahren war. Als er sieben wurde, trat eine elegante, großgewachsene Frau in die Stube, zog ihm die ersten Schuhe seines Lebens an und brachte ihn tatsächlich auf eine Insel. Dort angekommen, kleidete sie ihn neu ein und schob ihn am Tag darauf wie ein kostbares Gut vor sich her, während sie dem Leiter des Internats die Hand drückte. Sie schärfte ihm ein, ein guter Schüler zu sein und die Regeln des Hauses zu befolgen. Zum Abschied winkte sie ihm. In den Ferien blieb er im Internat. Das Hotel, das seiner strahlend schönen Mutter gehörte, thronte zuoberst auf einem Hügel wie das mit Rosen umrankte Schloß aus dem Märchen. Mit sechzehn war die Schulzeit zu Ende, und Alejandro beschloß, der beste Matador zu werden, den das Land je gesehen hatte. Doch der Stierkampf in Spanien war fest in den Händen einiger Familien, und nach ein paar Jahren als Laufbursche von drittklassigen Stierkämpfern sah Alejandro ein, daß er keine Chance hatte. Also hatte er sich darauf verlegt, der beste Bettler von Sevilla zu werden, und diese Aufgabe, dachte Michele, meisterte er mit Bravour.

Es war der 30. Juni. Michele und Alejandro saßen in Micheles Zimmer und rauchten. Alejandro hatte die ganze Geschichte seiner Herkunft in atemberaubendem Tempo erzählt, ohne innezuhalten oder Michele dabei auch nur ein einziges Mal anzusehen.

»Morgen reise ich ab«, sagte Michele, »ich wollte es dir schon lange sagen. Ich hätte es dir schon lange sagen sollen.« Er machte eine Pause. Alejandros Gesicht war plötzlich eingefallen. »Ich möchte dich gerne fotografieren, wenn du es erlaubst.«

Alejandro hatte genickt, müde und kalt. Michele holte seine Leica aus dem Koffer. Die ganze Zeit über hatte er keine Lust zum Fotografieren gehabt. Er wollte ihn bitten, die Augen zu schließen. Aber Alejandro hatte sie schon geschlossen; er hockte am Boden und verbarg seinen Kopf in den Händen.

»Kannst du mich ansehen bitte«, sagte Michele. Und Alejandro hob den Kopf, öffnete die Augen und sah ihn an. Michele begriff es erst, als er die Fotos zuhause entwickelte. Alejandro war alt. Viel älter zumindest, als er aussah und Michele gedacht hatte. Er mußte weit über fünfzig sein. Er hatte wie manisch auf den Auslöser gedrückt. »Ich habe auch einen Wunsch«, sagte Alejandro, als Michele endlich fertig war. »Ich möchte sterben als ein schlechter Mensch.« »Und wie willst du das anstellen«, sagte Michele, und zum ersten Mal, seit er Alejandro begegnet war, fühlte er sich unwohl. »Ich fahre morgen früh auf die Insel, um meine Mutter zu töten«, sagte Alejandro. »Aber sie zählt nicht. Sie gehört mir sowieso. Zuerst muß ich noch einen Unschuldigen umbringen. Jemanden, den ich liebe. Verstehst du?« Michele hatte verstanden. Er hatte seine Sachen in den Koffer gepackt und war an Alejandro vorbei aus dem Zimmer gegangen. Er hatte Alejandros Zimmer für die nächsten zwei Monate bezahlt und war noch in derselben Nacht abgereist. Unschuldig war er nicht.

Diese Geschichte war endgültig vorbei. Michele ging nach unten und trat in die Küche. Es war lange nach Mitternacht, der Hochzeitstag war angebrochen. »Wir dachten, du schläfst«, sagten Almut und ihre Mutter wie aus einem Mund. »Ich muß was Schlechtes gegessen haben«, erwiderte er, »ich brauche einen Schnaps. Und was ist mit euch beiden?« »Ja bitte«, sagte Almut, »ich auch.« Liese Langer, Almuts Mutter, schüttelte den Kopf. Er würde sich daran gewöhnen müssen, sie Mutter zu nennen. Er nahm die Grappaflasche aus dem Regal und goß die brennend klare Flüssigkeit in die beiden Wassergläser auf dem Küchentisch, bis sie randvoll waren. Sie prosteten einander zu, *a la vida y el amor,* rief Michele, *a la vida,* wiederholte Almut, und endlich konnte er trinken. Er dachte an seine Zukunft und trank. Zwei Minuten später war sein Glas leer. Seine Schwiegermutter lächelte ihn an. »Ein rechter Mann muß trinken können«, sagte sie, »als er siebenundvierzig aus diesem schrecklichen Krieg nach Hause kam, hat mein Albert immer getrunken, wenn er nicht einschlafen konnte, und es hat ihm geholfen. Erst später, als er nicht mehr trinken durfte wegen dem Zucker, ist es ihm so richtig dreckig gegangen.« Almut sagte nichts. Sie wußte, daß Michele manchmal zuviel trank, und es war ihr egal. Wichtig war nur, daß sie genau wußte, was mit ihm passierte, wenn er zuviel getrunken hatte. Zuerst entspannte er sich, dann begann er seine unglaublichen Geschichten zu erzählen, von Stierkämpfern und vornehmen Hotelgästen in Unterhosen, und übergangslos sackte er in sich zusammen und weinte. Sie hatte keine Angst mehr vor ihm. Wenn sie ihn ansah, sein schönes, weiches dunkles Gesicht, war ihr alles andere egal. Er würde ihr nicht weh tun. Vielleicht liebte er sie nicht, aber niemals würde er ihr weh tun. Es gab nichts an ihm, das sie an die Soldaten erinnerte. Sie würden hier im Engadin in der Chesa Michele miteinander leben und Kinder haben oder auch nicht, und es schien ihr, als ließe es sich in der dünnen klaren sauberen Bergluft ein Leben lang atmen.

Der vierte Juli 1992 war in seiner Erinnerung selbst für einen Hochsommertag ungewöhnlich heiß gewesen; noch nachts um fünf vor elf atmete die Stadt beinahe dieselbe Hitze aus wie der vergangene Tag. Der Champagner, den er in einer Plastiktüte trug, war längst warm geworden. Obwohl er nicht mehr daran glaubte, daß Dominik noch käme – das Telefon klingelte ins Leere, und Mobiltelefone hatten damals höchstens Geschäftsleute –, blieb Andreas in der Bahnhofshalle stehen. Dominik und er hatten den Nachtzug nach Paris nehmen wollen, unterwegs wollten sie sich betrinken, feiern und *Forever Young* hören. Andreas hatte einen Ghettoblaster und die Live-Aufnahme des Konzerts im Gepäck, das Bob Dylan am 20. Oktober 1978 in Rickfield, Ohio, gegeben hatte. Am nächsten Morgen würden sie auf dem Boulevard St. Germain frische Croissants essen. In einem hübschen Hotel wollten sie zwei Doppelzimmer mieten, und abends würden sie den Frauen in den Bars erzählen, daß sie jetzt richtige, fertige Ärzte waren und keine Studenten mehr. Sie würden durch die Stadt flanieren und sich für ein paar Tage unbesiegbar fühlen. Der Plan war ziemlich erbärmlich, aber gerade deswegen mochte er ihn, er war wie ein altes, erprobtes

Schema, *un rite de passage,* wie Domink sagte, in dem sie ihren vorgegebenen Platz einnahmen.

Es war Samstagabend; die Menschen kamen und gingen, sie küßten sich, telefonierten und reisten in die Sommerferien, und Andreas wußte immer weniger, was er tun sollte. Er hatte die neuen Schuhe angezogen – Dainites –, dazu trug er blaue Levis und ein weißes, enges T-Shirt. Er rauchte – fast alle Ärzte rauchten, dachte er jetzt, sie koksten, soffen sich zu Tode oder alles miteinander –, aber eigentlich war es viel zu heiß zum Rauchen, und er glaubte förmlich zu spüren, wie sich der Teer um seine Lungenbläschen legte.

Die Frau war ihm aufgefallen, weil sie völlig absurd gekleidet war; sie trug eine schmuddelige weiße Strickjacke aus Wolle, dazu rote, viel zu lange Manchesterhosen, die bei jedem Schritt auf dem schmutzigen Boden schleiften. Ihre Füße waren nackt. Sie hatte halblanges, glattes, fast schwarzes Haar, das sie im Nacken zusammengebunden trug, ihre Haut war blaß und glänzte leicht. Das Schönste an ihr, dachte er, waren zweifellos der große, fein gezeichnete Mund und die grünen, fast asiatisch geschnittenen Augen, die ihn ein wenig schmerzhaft an Helene erinnerten und an etwas, das er nicht benennen konnte.

(Wie war es genau gewesen, hatte er schon damals in diesen Worten gedacht, oder flogen sie ihm erst jetzt zu, da er versuchte, die Szene vor seinem inneren Auge in Slow Motion abzuspielen – aber wo begann sie und wo endete sie, wo hätte sie geendet, wenn es, dachte er, sagen wir 98 gewesen wäre, Dominik also sein Mobiltelefon gehabt und

Andreas ihn erreicht hätte? Er hätte ihn vielleicht dazu überreden können, trotzdem mit ihm nach Paris zu fahren.)

Die Frau schlenderte ziellos in der Bahnhofshalle umher, und Andreas machte sich ein Spiel daraus, hinter ihr herzugehen und mit den Augen ihren Hinterkopf zu fixieren. Dabei sah er auf die Uhr. Einmal dauerte es zwanzig Sekunden, bis sie sich umdrehte, meistens aber war sie schneller. Ihr Blick war nicht abweisend, eher abwartend, als sei die richtige Zeit für ihre Begegnung noch nicht gekommen. Sie hatten noch kein Wort miteinander geredet, aber er überlegte schon, ob sie es pervers fände, mit einem Messer seine Wirbelsäule entlangzufahren, und entschied sich, daß sie es tun würde. Nach Mitternacht, als die letzten Vorortszüge abgefahren waren, leerte sich die Bahnhofshalle, und irgendwann standen sie nebeneinander. Als wären sie beide seit langer Zeit, dachte er plötzlich, weit vor ihrer Geburt, hier und jetzt miteinander verabredet gewesen. Das war natürlich Blödsinn. Er überlegte, wie man mit solchen Gedanken im Kopf ein Gespräch beginnen konnte, und jeder erste Satz schien ihm gleichermaßen unmöglich und dumm. »Sie werden den Bahnhof bald schließen«, sagte er endlich, »wir müssen hier weg.« »Ja«, sagte sie leise, als sei sie enttäuscht, daß ihm nichts Großartigeres eingefallen war, »Sie haben wohl recht«, und sie gingen schweigend nebeneinanderher die Bahnhofsstraße entlang bis zum See.

»Mögen Sie Bob Dylan?« sagte er, nachdem sie sich nebeneinander ans Seeufer gesetzt und beide zwei Zigaretten geraucht hatten, die sie auf den Kieselsteinen ausdrückten.

Der See lag dunkel und flach vor ihnen, erhellt nur von weit entfernten Lichtern, und als sie nicht gleich antwortete, nahm er einen Kieselstein und warf ihn ins Wasser. Er hüpfte dreimal über die Oberfläche, bevor er verschwand.

»Ich weiß nicht«, sagte sie vage, und er nahm den Ghettoblaster aus der Reisetasche und legte die CD mit der Live-Aufnahme ein. Er drückte die Nummer elf, und Dylan erzählte, daß er den Song für eins seiner Babys geschrieben habe, als er oder sie noch ein Baby war, und nach der ersten Zeile, *may god bless and keep you always,* legte sie den Kopf auf ihre Knie, und nach *may you grow up to be true, may you always know the truth,* drückte sie die Stop-Taste und begann zu reden, hastig, als fürchte sie, ihren eigenen Gedanken nicht folgen zu können.

»Alle Kinder«, sagte sie, »denken doch irgendwann, ihre Eltern hätten sie adoptiert. Ich habe das nie gedacht. Wirklich nie. Oder doch. Es gab da ein Foto von meiner Taufe, und das Kind kam mir merkwürdig fremd vor. Aber man glaubt ja nie, daß man wirklich mal so klein war. Man kann es sich ja nicht vorstellen. Und heute nachmittag hat mir meine Mutter gesagt, daß ihr Kind, das Kind auf dem Foto, als Baby gestorben ist und sie mich in Südafrika gefunden hat. Idiotisch, was.«

Sie hob den Kopf, lachte und sah ihn zum ersten Mal an. »Waren Sie schon mal in Südafrika?«

Er schüttelte den Kopf, und sie redete weiter. Aber er hörte ihr gar nicht mehr zu. Er hörte ihr zu, aber die Bilder verschwammen vor seinen Augen. Es gefiel ihm, daß sie einander siezten. Ich möchte mit Ihnen schlafen, würde er ihr sagen; er wollte ihr Geschlecht sehen und es mit der Zunge liebkosen, bis sie kam.

Sie sagte, ihre Mutter habe sie vor genau siebenundzwanzig Jahren abends um neun an einer Straßenkreuzung in solchen Kleidern gefunden, eine weiße, schmutzige Wolljacke und rote, zu lange Manchesterhosen, und sie habe die dumme Idee gehabt, wenn sie sich in solchen Kleidern auf eine Straßenkreuzung lege, könne sie sich vielleicht an etwas erinnern.

Sie waren zum Bellevue gegangen, und sie hatte sich ein paar Minuten lang auf den Boden gelegt, zwischen die Schienen der Trambahnen, die sich hier kreuzten, unweit des Kinos, dachte er jetzt, aus dem er Jahre später eines Nachmittags treten würde, da hatten sie schon geheiratet und zwei Kinder bekommen, Severin und Jonathan. Sie hatten einen deprimierenden und schrecklich kitschigen Film gezeigt, *Before Night Falls,* über das Leben des schwulen kubanischen Schriftstellers Reinaldo Arenas, und in diesem Moment würde sich ein dunkler Filter zwischen ihn und die Welt schieben. Aber das wußte er damals noch nicht.

»Und?« hatte er sie gefragt.

»Nichts«, sagte sie. »Manche Leute behaupten ja, der Körper speichere jede Erfahrung, aber daran glaube ich nicht. Die Geschichten finden alle nur im Kopf statt.«

Später hatten sie sich auf eine Bank gesetzt und doch noch *Forever Young* gehört. *And may you stay,* sang Bob Dylan, und an einer Stelle, nach der ersten Strophe *(may you build a ladder to the stars and climb on every rung),* zog er den letzten Ton von *stay* hoch und dehnte ihn aus und hielt ihn, bis Instrumente und Vocals ihn übernahmen und die Melodie weiterzogen, während er neuen Atem holte, um den ältesten, vergeblichsten Wunsch an seinen neugeborenen Sohn weiterzureichen – *forever young.* Und dieser Wunsch, dachte er jetzt, *forever young,* war zum Feigenblatt einer (seiner) ganzen Generation geworden. *Forever Young* war die Marke, die sie alle auf der Stirn trugen und die mit der Jahrtausendwende plötzlich ihre Innenseite nach außen gekehrt hatte und jedem Passanten das Geheimnis jener rätselhaften Melancholie offenbarte, mit der sie alle geschlagen schienen: Ich selbst bin das, was ich verlor.

Als sie sich in der ersten, unangenehmen Morgenhelligkeit voneinander verabschiedeten – Meretes Haut glänzte stärker, und Andreas konnte sehen, daß sie ein paar Narben auf den Wangen hatte –, kannte er nicht nur ihren Namen, Merete, er kannte auch fast ihr ganzes bisheriges Leben. Er wußte, daß sie mit zwei Studentinnen in einer Dachwohnung ohne Bad wohnte, mitten in der Stadt, daß sie Kunstgeschichte studierte, sich mit den zerschnittenen Bildern von Paul Klee beschäftigte – was sie immer noch tat, sie baute die Lizentiatsarbeit zu einer Dissertation aus und schrieb dazwischen Artikel für Zeitungen und Museumskataloge, und er hatte sie im Verdacht, daß sie gar nie fertig werden wollte mit der Arbeit – und daß sie nicht im geringsten das Bedürfnis verspürte, ihre leiblichen Eltern ausfindig zu machen.

Sie hatten sich noch nicht einmal geküßt, und den Champagner hatten sie auch nicht getrunken.

Am nächsten Morgen lagen zwei Postkarten in seinem Briefkasten. Eine war von Dominik. Er schrieb, daß er die Prüfung nicht geschafft habe, und entschuldigte sich, daß er die Verabredung nicht eingehalten hatte. Vielleicht könnten sie ja nächstes Jahr, schrieb er, zusammen nach Paris fahren. Aber dazu war es nicht mehr gekommen. Andreas fuhr im nächsten Frühjahr mit Merete nach Paris, und Dominik mit Sarah nach Neapel. Dominik hatte die Prüfung im zweiten Anlauf doch noch bestanden und war Psychiater geworden. Er war noch immer brandmager, und seine Akne hatte sich kaum gebessert, obwohl er seit Jahren starke Medikamente nahm.

Die zweite Karte war von Merete gewesen. Sie hatte nur einen einzigen Satz darauf geschrieben. »Gern hätte ich unsere erste Begegnung noch vor mir«, las er, »und auch die ersten Worte, die wir miteinander sprachen.«

Bis heute wußte man nicht, wohin Karl Hanke, der Gauleiter von Niederschlesien, mit der einzigen Maschine geflogen war, die je von jenem Rollfeld aus startete, das er in den letzten Kriegswochen mitten in der Stadt Breslau hatte erbauen lassen. Sämtliche Einwohner, die die Stadt nicht schon im Januar 45 bei minus zwanzig Grad Kälte verlassen hatten, wurden unter Todesandrohung gezwungen, den Schutt der rund tausend Häuser abzutragen, die eigens dafür gesprengt und angezündet worden waren. Der Befehl galt auch für Kinder; Knaben ab zehn, Mädchen ab zwölf, darunter Margarethe und Almut. Die Stadt – Hanke hatte sie zur Festung Breslau erklärt – war seit Wochen praktisch eingekesselt und wurde von der Roten Armee bombardiert. Hitler war laut dem Großdeutschen Rundfunk »bis zum letzten Atemzug kämpfend, für Deutschland gefallen«. In der Nacht vom 4. auf den 5. Mai 45 hob Hanke, seiner zynischen Durchhalteparole »wir kapitulieren nie« auf eigene Weise treu bleibend, mit einem Fieseler Storch vom Rollfeld ab. Auf dem Rollfeld lagen – auf einer Länge von tausenddreihundert Metern – pro Meter zehn tote Menschen; dies die Schätzungen der Augenzeugen.

Karl Hanke, einer der fanatischsten Handlanger Hitlers, blieb nach dem Krieg verschollen. Doch im Gegensatz zu den ungezählten Ermordeten, an deren Tod ihre Angehörigen nicht zweifeln konnten, auch wenn er kein gesichertes Datum und keinen gesicherten Ort hatte und ihre Leichen vernichtet waren, multiplizierte sich die Existenz von Karl Hanke und breitete sich aus über die halbe Welt. Es gab Zeugen, die ihn in verschiedenen Ländern Südamerikas gesehen haben wollten, während andere behaupteten, er sei in der Tschechoslowakei unerkannt gefangengenommen und später irgendwohin geflohen oder aber bei einem Fluchtversuch erschossen worden, und jedermann konnte sein Foto im Internet abrufen.

»Es macht mir nichts aus, ein Kind zu bekommen«, sagte Merete, als sie zum ersten Mal schwanger war.

»Das ist ein bißchen wenig«, sagte Andreas.

»Es muß dir genügen«, sagte sie, »daß es mir genügt«, und sie küßte ihn vor den Augen der Ärztin.

Ob die Selbstmordattentäter, dachte Andreas, als sie die Flugzeuge in die beiden Türme des World Trade Center steuerten, wußten, daß sie damit nicht nur Actionfilme und Computergames imitierten, sondern daß schon Adolf Hitler angesichts seiner Niederlage ihre menschenverachtende, größenwahnsinnige Vision vorweggenommen hatte, wie sie Albert Speer in seinen Tagebüchern notierte?: »Ich erinnere mich, wie er sich in der Reichskanzlei die Filme vom brennenden London, vom Feuermeer über Warschau, von explodierenden Geleitzügen vorführen ließ und welche Gier ihn jedesmal erfaßte. Nie aber habe ich ihn so außer sich gesehen wie gegen Ende des Krieges, als er wie in einem Delirium sich und uns den Untergang New Yorks in Flammenstürmen ausmalte. Er beschrieb, wie sich Wolkenkratzer in riesige, brennende Fackeln verwandelten, wie sie durcheinanderstürzten, wie der Widerschein der berstenden Stadt am dunklen Himmel stand.«

Der einzige Unterschied war vielleicht, dachte er, daß die Drahtzieher des elften September sich für ihren spektakulären Angriff auf die Insignien der westlich-urbanen Zivilisation den helllichten Tag ausgesucht hatten, was die Opferzahlen und die Einschaltquoten der Live-Übertragungen sogleich in die Höhe eines »historischen Ereignisses« schnellen ließ.

Isabella stieß mit dem Kopf sanft an seine Hüfte und sagte: *»Goodbye Sir, maybe we're on the same plane.«* Sie zwängte sich an den drei nicht mehr ganz jungen holländischen Rucksack-Touristinnen vorbei, die ihre blonden Haare zu vielen kleinen Zöpfchen geflochten hatten und afrikanische Gewänder trugen, und fiel in die ausgebreiteten Arme eines großgewachsenen Mannes, der sie lachend in die Luft hob und ihr Gesicht wie in Zeitlupe – als würde er laufend dabei fotografiert – mit vielen kleinen Küssen bedeckte. Der Mann mußte Isabellas Vater sein; er trug einen teuren, cremefarbenen Anzug.

Ein neuer Schalter war in Betrieb genommen worden, aber niemand hatte sich vorgedrängt. Alles schien ruhig. Es roch nach aufgeweichten Sandwiches vom Vortag und eingetrockneter Kinderpisse, nach Zitroneneis und ungeputzten Zähnen – Gerüche und Bilder, die ihm aufs neue jenen zunehmenden Hoffnungsverlust orchestrierten, mit dem man, je älter man wurde, auf die eigene Biografie zurückblickte, und in eben diesem Look back – statt sich die Zukunft auszumalen – lag das eigentlich Entsetzliche. Ein paar Babys wimmerten oder glucksten in den Armen ihrer Mütter und Väter, während die – ausnahmslos schwarzen – Security-Beamten nach Vorschrift patrouillierten und die Überwachungskameras liefen, und einen absurden Moment lang fühlte Andreas sich eingemeindet, aufgehoben und sicher; als überwachten die Kameras jeden seiner Gedanken und löschten ihn, nachdem sie ihn für harmlos und normal befunden hatten; und es kam ihm vor, als hätte tatsächlich ein anderer an seiner Stelle die letzten zwei Wochen gelebt, und er selbst hätte ihn dabei nur beobachtet, akribisch und verständnislos und mit einer aberwitzigen Befriedigung über seinen physischen und psychischen Verfall, der ebenso idiotisch wie unaufhaltsam schien.

3

Als Merete erwachte, war es draußen schon hell. Das Licht im Zimmer war gedämpft; jemand hatte die schweren dreiteiligen Vorhänge zugezogen; bloß durch die Lücken dazwischen fiel die Morgensonne herein, zwei schmale, gleißend helle Korridore zeichnend, in denen Myriaden von Staubpartikeln schwebten. Merete setzte sich auf, sie trug ein orangerotes Sommerkleid, das dumpf nach Schweiß roch; sie erinnerte sich nicht, wann und wie sie eingeschlafen war, der Schlaf mußte sie nach zwei durchwachten Tagen und Nächten einfach übermannt haben. Die rechte Seite des Hotelbetts war leer. Andreas war weg. Merete sah auf den Radiowecker, es war zwanzig nach sechs. Irgendwo im Hotel weinte ein Kind, es heulte auf wie die Sirene eines Krankenwagens, jemand brüllte *shut up,* dann war es wieder still. Es war der 16. Oktober 2001; der Frühling hatte die Ostküste Südafrikas in leuchtende Farben getaucht, die bald von der Sommerhitze entkräftet würden.

Das Kopfkissen, auf dem Andreas – schlaflos, eine Parisienne zwischen den Fingern – gelegen hatte, wie unberührt, die altmodischen Leintücher glattgestrichen, die Wolldecke Kante auf Kante gefaltet. Die Aschenbecher waren geleert und auf dem nußbraunen Sideboard zu einem fünfstöckigen Glasturm gestapelt. Rechts davon stand eine Art Pyramide aus leeren Diet-Coke-Dosen (Merete hatte Unmengen davon getrunken, nur um wach zu bleiben), wie aufgebaut zu jenem Kegelspiel, das sie für das Kinderfest zu Jonathans fünftem Geburtstag vorbereitet hatten. Das Kinderfest, dachte Merete, würden sie nachholen, irgendwann später, zuhause in Zürich, ob mit oder ohne Andreas.

Sein Koffer war weg, sein Paß, der neben Meretes Paß auf dem Nachttisch gelegen hatte, der alte blaurote Tourenrucksack, den er von seinem Vater zum sechzehnten Geburtstag bekommen hatte. Das war Anfang der Achtzigerjahre gewesen, als in Zürich ein paar wohlstandsverwahrloste Halberwachsene mit Pflastersteinen um sich warfen, als vermöchten sie mit den Schaufenstern der Großbanken auch die eigene Herkunft zu zertrümmern (so ungefähr interpretierte es damals Meretes Vater), während man sich in Bundesdeutschland nach all den mörderischen Befreiungsschlägen, Regierungs- und Erdölkrisen, gefolgt von selbstbewußt abgetriebenen Kindern und Urschreitherapien ein bißchen verloren fühlte und sich deshalb ein bißchen Frieden wünschte, ein bißchen Liebe, ein bißchen Wärme dazu. Damit gewann die BRD, der Krieg um die Falkland-Inseln war eben ausgebrochen, im April 82 immerhin den Grand Prix Eurovision de la Chanson.

Merete hatte das Lied – *Ein bißchen Frieden* –, das in jenem Sommer ständig im Radio lief, regelrecht gehaßt (es brachte sie aus Gründen, über die sie nicht nachdenken mochte, zum Weinen), und so konnte sie es auch fast zwanzig Jahre später noch auswendig. *Wie eine Puppe, die keiner mehr mag, fühl ich mich an manchem Tag,* sang Nicole – sie war siebzehn, ein paar Monate älter als Merete – mit ihrer herzzerreißenden Kleinmädchenstimme, als wollte sie mit jedem Ton Mama und Papa um Verzeihung bitten, weil sie trotz des Kokons, den die Eltern, der Vater Kfz-Gutachter, die Mutter Hausfrau, so fürsorglich um ihre vier Kinder gesponnen hatten, nicht einfach dankbar und glücklich sein konnte.

Merete war zum ersten Mal in ihrem Leben nach Durban gereist. Hier in dieser Stadt am Indischen Ozean, nicht allzu weit vom Blue Waters Hotel entfernt, hatte am 4. Juli 1965 ihre Geschichte angefangen; eine Geschichte, der genaugenommen eben der Anfang fehlte. Sie dachte an Peter; sie vermißte ihn, seine hellen Augen hinter den doppelt geschliffenen Brillengläsern, ihre ziellosen Spaziergänge über die sanften Hügel des Pfannenstiels; mehr noch vermißte sie ihre eigenen Gefühle, die ihr, seit sie in Südafrika war, wie Einbildungen vorkamen, trotzige Behauptungen, die die weite Reise nicht überstanden hatten. Vor dem Abflug in Zürich hatte sie ihm eine SMS geschickt: Ich fliege nach durban und versuche dort andreas zu finden. Daß Michele Lazzaroni, Andreas' Vater, am Morgen des 7. Oktober überraschend gestorben war und bereits auf dem Friedhof von Celerina lag, hatte Peter der Todesanzeige entnommen; Merete hatte ihn auf die Adreßliste gesetzt, die ihre Schwiegermutter, Micheles Witwe, schon vorbereitet hatte.

Merete war noch am gleichen Tag mit den Kindern nach Celerina gefahren; sie hatte das dringende Bedürfnis,

Michele zu sehen. Kaum saßen sie im Schnellzug nach Chur, zog Jonathan seine Gummistiefel aus und schmiegte sich wie ein Kätzchen ins Polster; später knirschten seine Milchzähne im Schlaf. Sein dreieckiges Gesicht, der prüfende, in sich ruhende Blick, den er schon als Baby gehabt hatte, ließen Merete manchmal tatsächlich an eine Katze denken; als hätte sie ein Wesen geboren, das einer anderen Gattung angehörte. Er hatte Glück im Unglück gehabt, als er sich – einen Tag nach seinem fünften Geburtstag, einen Tag vor der geplanten Kinderparty – auf dem steilen Fußweg zur Limmat hinunter mit dem neuen Fahrrad überschlug und auf dem Asphalt liegen blieb; ein einfacher Schädelbruch ohne Hirnblutungen. Severin dagegen plapperte pausbäckig vor sich hin; er freute sich auf seinen Nonno und seine Nonna, die sie besuchen würden, soviel hatte er verstanden; mit seinen knapp zwei Jahren würde er sich schon bald nicht mehr an seinen Großvater erinnern. Es war einer jener Tage, wo sich das Unterland unter einer Nebeldecke verbarg, und als die Rhätische Bahn aus dem Albulatunnel fuhr, schloß Merete die Augen, geblendet vom Herbstlicht, das die Arvenwälder verklärte; eine kurze, fast schmerzhafte Idylle, der bald die mehr oder weniger häßlichen Infrastrukturen folgten, die das Leben im Engadin und insbesondere der Tourismus erforderten, Flugplatz und Elektrizitätswerk, Bergbahnen, Schulhäuser, Hotels und Ferienwohnungen, die das halbe Jahr über leerstanden.

Michele hatte am frühen Morgen einen Herzinfarkt erlitten. Dr. Pedretti – ein Enkel des alten Dr. Pedretti, der damals Amalias und Robertos Totenscheine ausgestellt hatte – hatte ihn sofort nach Samaden ins Kreisspital gebracht, wo er eine halbe Stunde später gestorben war. Er lag auf einem Notbett, überraschend klein und schmal, als wüßte sein Körper, daß er überflüssig geworden war, und beeilte sich zu verschwinden. Sein schöner Mund, der so viele Männer und Frauen zu selbstvergessenen Bettlern gemacht hatte, ähnelte einer schlecht verheilten Narbe, die das Gesicht notdürftig zusammenhielt. Ein weißes Nachthemd verdeckte die wüsten Verbrennungen auf der linken Seite des Brustkorbs, eine Folge der Stromstöße, die die Ärzte ihm verabreicht hatten, um sein Herz wieder in Gang zu bringen; vergeblich. Irgend jemand hatte ihm eine rote Rose in die Hände gelegt, die gefaltet waren wie zu einem letzten Gebet. Die Inszenierung machte sie wütend. Michele war – soweit sie wußte – Atheist gewesen. »Ich bin weder in der Lage«, sagte er, »den Trost anzunehmen, den der Glaube bietet, noch kann ich seinen moralischen Forderungen Folge leisten.« Am meisten erschütterte sie, daß Micheles Geruch sich schon verflüchtigt hatte, jene unverkennbare Mischung aus eingetrocknetem Schweiß, Rasierwasser, Grappa und einer forcierten Männlichkeit, die er bis zuletzt ausgespielt hatte.

Michele war der dritte Tote, den Merete sah. Er kam ihr unwirklich vor, unwirklich und banal. Nicht wie die Toten in Spielfilmen, die meist realer wirkten und deren Schicksal einem mehr zu Herzen ging als das der namenlosen Unfall- und Mordopfer in der Tagesschau und auf Zeitungsbildern.

Im Sommer 93 war Sarah in eine Gletscherspalte gefallen und erfroren, ein paar Jahre später war das erste Kind von Martha und Alex tot zur Welt gekommen, Nina, ein kräftiges Mädchen mit ungewöhnlich langen schwarzen Haaren. Am Tag nach Ninas Beerdigung war Merete krank geworden wie nie zuvor in ihrem Leben; unerklärliche Schmerzen und Fieberschübe, die sie so schwächten, daß sie kaum noch aufstehen konnte, dazu kam eine Verkrampfung der Kiefermuskulatur, die ihr oft buchstäblich den Mund verschloß; mit beiden Händen zerrte sie Ober- und Unterkiefer auseinander, die sich sofort wieder ineinander verkeilten. Sie lag mit offenen Augen unter der Bettdecke, zu erschöpft, um etwas zu empfinden; die Welt verengte sich auf ein Stück Fenster, dahinter der Februarhimmel, an dem die Wolken hingen wie festgezurrt. Es wurde dunkel, es wurde hell, und endlich begann es zu schneien; die Zeit lag still wie ein Kreisel, der aufgehört hatte, sich zu drehen.

Als Kind war Merete praktisch nie krank gewesen. Ihre Mutter hatte sie jeden Morgen mit Vitamintabletten und Lebertran vollgestopft. »Daß du mir ja nicht krank wirst«, sagte sie beschwörend; ein banaler Infekt versetzte sie in vorwurfsvolle Alarmbereitschaft, ein Mückenstich war schlimmer, als wenn Merete offensichtlich log oder eine schlechte Schulnote nach Hause brachte. Kranksein war recht eigentlich *verboten.* Zwischen ihrem Körper und den Krankheiten, die ihn bedrohten, stellte Merete sich vor, mußte man einen eisernen Vorhang errichten wie zwischen den freien und den kommunistischen Ländern. Ihr Vater hatte sie schon früh mit dem Gleichgewicht des Schreckens vertraut gemacht. Hinter dem Eisernen Vorhang, wußte Merete, geschahen entsetzliche Dinge. Beim leisesten Unwohlsein bekam sie Zäpfchen und Bauchwickel, und die Mutter rief den Hausarzt. Dr. Frey war ein bedächtiger älterer Herr; er diagnostizierte eine kleine Erkältung oder eine leichte Magenverstimmung; vor allem aber versorgte er, wie Merete erst in der Pubertät begriff, ihre Mutter mit Schlaftabletten und Valium.

Andreas hatte kurzfristig unbezahlten Urlaub genommen und sich hingebungsvoll um sie gekümmert; er flößte ihr Fleischbrühe ein, er wusch und wickelte sie wie ein Baby; Merete erinnerte sich an das angenehme Gefühl warmer Pisse zwischen den Schenkeln. Abends wiegte er sie mechanisch in den Schlaf; es war die einzige Berührung, die sie ertrug. Jonathan saß mit verschlossenem Gesicht im Wohnzimmer und stapelte seine bunten Bauklötze zu Türmen, scheinbar unberührt von den Vorgängen um ihn herum; nur einmal hatte er ihr freudestrahlend einen Apfel ans Bett gebracht, ein halb verfaultes, schrumpliges Ding, das er im Garten unter der Schneedecke gefunden hatte. Merete zwang sich, den Apfel zu essen; wenn sie in kleinen Bissen aß und gut kaute, konnte sie es schaffen. Sie schaffte es nicht. Wenig später spuckte sie Jonathan einen bräunlichen Brei vor die Füße. Natürlich brüllte er sofort los, enttäuscht und erschrocken. Er sah so jämmerlich mitleiderweckend aus, daß Merete sich wünschte, er würde sie mit seinen beschmutzten Tigerpantoffeln ins Gesicht treten, damit das Gleichgewicht zwischen ihnen wieder hergestellt wäre; statt dessen trat Andreas ins Zimmer, wischte Jonathan die Tränen weg, hob ihn auf die Schultern und trug ihn mit sich fort.

Nach genau drei Wochen war der Spuk vorbei, und als Merete und Andreas zum ersten Mal wieder miteinander schliefen, stumm und gierig, ohne Hoffnung auf irgend etwas, wurde Merete schwanger mit Severin.

Sie hatte Andreas' Eltern von Anfang an gemocht, vielleicht weil sie ihre Beschädigungen so offen vor sich hertrugen. Almut Lazzaroni war eine drahtige, eher unscheinbare Person; eine typische Vertreterin jener Generation, für die es selbstverständlich war, daß Männer und Frauen weitgehend getrennte Lebensbereiche einnahmen. Seit über vier Jahrzehnten hielt sie die Chesa Michele in Schuß und verwaltete nebenher eine Reihe von Ferienwohnungen im Dorf. Die Einheimischen respektierten sie, weil sie tüchtig war und ziemlich schnell Puter gelernt hatte, ohne daraus den Anspruch abzuleiten, voll und ganz dazuzugehören. Die Zeitumstände hatten es mit sich gebracht, daß sie nicht besonders gebildet war, dafür aber lebensklug. Ihr nüchterner unerschrockener Blick machte weder vor Schranktüren noch Schädelknochen halt, sie sah die Unordnung, die sich dahinter ausbreitete; die Staubkörner, die sich auf Teller, Tischtücher und Unterhemden legten; die Schuldgefühle und Müdigkeiten hinter den glatten Stirnen ihrer Kinder und Enkel. Nur in einem Punkt erlaubte sie sich eine Schwäche (oder war es eher Unbeugsamkeit?): Obwohl die Familie längst dem Mittelstand angehörte, lief sie werktags wie sonntags in ausgeleierten Helancahosen aus den Siebzigerjahren herum, dazu trug sie selbstgestrickte grobe Wollpullover, als wolle sie jedem ihre Sparsamkeit und damit die Entbehrungen der Kriegszeit vor Augen führen, die sie als Kind erlitten hatte.

Michele war 1924 als einziger Sohn italienischer Einwanderer in Celerina zur Welt gekommen; ein schillernder, noch im Alter außergewöhnlich attraktiver Mann. Merete hatte ihn zum ersten Mal gesehen, als er neunundsechzig war. Andreas' Mutter hatte einen ihrer trockenen Haselnußkuchen gebacken – sie verwendete nie Butter, nur billiges Erdnußöl oder Margarine – und war bald im oberen Stock des Hauses verschwunden, den sie kurz zuvor zu einer Ferienwohnung umgebaut hatten. »Ich weiß, ich bin unhöflich«, sagte sie entschuldigend zu Merete, »aber im Bad ist die Glühbirne kaputt, und die Kaffeemaschine muß entkalkt werden, bevor die nächsten Gäste kommen.« Michele hatte ihr gleich das Du angeboten, und eine halbe Stunde später gab er bereits die erste einer offenbar unerschöpflichen Anzahl von Anekdoten aus seinem Leben zum besten. »Ich bin ja ein schwacher, ängstlicher Mensch«, fing er an, »wie übrigens auch Andreas, das hat er von mir geerbt, fürchte ich.« Er seufzte und sah Merete an. Bisher hatte sie Micheles Blick als besorgt in Erinnerung gehabt; als bitte er sie darum, Andreas nicht unnötig weh zu tun und gut auf ihn aufzupassen. Jetzt, vor Micheles fernem, kaltem Gesicht, kam es ihr vor, als sei sein Blick eine Warnung gewesen. Sie hatte keine Ahnung, wie er von da aus auf die folgende Geschichte gekommen war, an die sie sich lebhaft und mit leiser Wehmut erinnerte. Sie hatte sich vorgenommen, ihn nach jener geheimnisvollen I. C. zu fragen, und nun war es zu spät.

Im Februar 1982, erzählte Michele, habe eine weltberühmte Filmschauspielerin, »I. C. sind ihre Initialen, mehr verrate ich euch nicht«, ihm beim Nachmittagstee im Suvretta House einen eindeutigen Antrag gemacht, während sie gleichzeitig ihren gebrechlichen Ehemann mit exquisiten Petits Fours fütterte. »Ihr Mann war Amerikaner«, sagte er, »und verstand kein Wort Deutsch, das hoffe ich zumindest. Denn sie hat mir in allen Details erzählt, was sie mit mir machen würde, und ich war wirklich nicht abgeneigt. Was mich davon abgehalten hat, waren nicht moralische Bedenken. Es war ihr Blick«, sagte er, als staune er noch immer darüber, »ihre besorgten Blicke, wenn ihr Mann sich verschluckt hatte – er war alt und fett, müßt ihr wissen, an seinem schlecht rasierten Kinn hingen Kekskrümel –, waren beseelt von einer geradezu erschreckenden Zärtlichkeit.« Merete konnte sich nicht daran erinnern, daß ihre Eltern je solche Wörter ausgesprochen hatten wie »beseelt« oder »Zärtlichkeit«, was nicht bedeutete, dachte sie, daß nicht manchmal so etwas wie Zärtlichkeit aufblitzte zwischen ihnen, wenn der Vater, auf dem Sprung zu einer längeren Geschäftsreise, hinter den getönten Scheiben eines Taxis saß und der Mutter zum Abschied winkte, oder an jenem Morgen, als sie zu dritt in der Küche standen und ihre Eltern beide mit den Fingerkuppen über die neue Granitabdeckung fuhren – nero assoluto, matt geschliffen –, bis ihre Hände sich trafen und sie sich lachend küßten, schmatzend und übermütig wie Kinder, aber wahrscheinlich wären sie erschrocken, wenn jemand ihnen in diesen Momenten einen Spiegel vorgehalten hätte.

Merete hatte ihre Schwiegermutter beinahe nicht wiedererkannt. Almut hatte sich – wenige Stunden nachdem Michele gestorben war – von Kopf bis Fuß neu eingekleidet. Sie trug spitze Lackschuhe mit hohen Absätzen und einen eleganten schwarzen Hosenanzug, der ihre jugendliche Figur betonte, dazu eine enganliegende Bluse. Sie hatte sich dezent geschminkt und war in St. Moritz beim Coiffeur gewesen; die dünnen formlosen Haare waren stufig geschnitten und kastanienbraun gefärbt. In ihrer Jugend war sie blond gewesen; ihre natürliche Haarfarbe war früh einem gelbstichigen Weiß gewichen, ein Vorgang und eine Tatsache, die sie bis zum Morgen des 7. Oktober 2001 als unveränderbar hingenommen hatte. Damit nicht genug; ihre ständige (und verständliche) Besorgtheit um Helene und Andreas schien sich in Luft aufgelöst zu haben. Daß Andreas irgendwo in Südafrika herumstreunte, wie Almut sich ausdrückte, und Merete ihn nicht erreichte, veranlaßte sie bloß zur leise triumphierenden Bemerkung, Andreas sei eben genauso unzuverlässig wie sein Vater.

Merete war unangenehm berührt und fasziniert zugleich. Nie zuvor hatte sie Almut in diesem lockeren Tonfall, mit dieser erstaunlichen Sicherheit über ihren Mann reden hören, und sie begriff, daß Michele nicht einfach nur tot war, sondern ohnmächtig. Als hätte er sich in eine jener Marionetten verwandelt, die sie in der dritten oder vierten Klasse der Grundschule gebastelt hatten. Fräulein Suter – zu dieser Zeit hießen unverheiratete Frauen noch Fräulein – hatte ihnen *Die Schneekönigin* vorgelesen, ein Märchen von Hans Christian Andersen, das die Geschichte von Kai und Gerda erzählte. Der Teufel besaß einen Zauberspiegel, den er eines Tages in tausend Stücke zerschlug. Einer dieser Splitter traf Kai mitten ins Herz, das darob kalt und hart wurde. Wenn Gerda sich an einer blühenden Sommerwiese erfreute, verlachte er sie; ja überall in der Welt sah er nur noch das Böse, Gemeinheit und Haß. So geriet er in die Fänge der Schneekönigin, einer wunderschönen, aber eiskalten Gehilfin des Teufels. Nach einer abenteuerlichen Reise gelang es Gerda, ihren Freund aus dem Eispalast und von seiner Herzenskälte zu befreien. Die ganze Klasse führte *Die Schneekönigin* zum Jahresabschluß als Puppenspiel auf. Während sich die anderen Mädchen darum stritten, Gerda oder die Schneekönigin zu spielen, wählte Merete die Rolle des Teufels. Aus der weichen Modelliermasse formte sie den Kopf, Mund, Nase und Ohren und malte das ganze Gesicht rot an. »Das war hübsch, Mimi«, sagte Meretes Mutter nach der Vorstellung und drückte ihr einen flüchtigen Kuß auf die Stirn, wobei sie die Lippen zusammenpreßte, damit sie keine Spuren hinterließ. Sie standen noch in der Aula, mitten im Gewühl von Vätern und Müttern. Fast alle Kinder lebten in villenähnlichen Häusern und wurden von langbeinigen Kindermädchen oder robusten Haushälterinnen betreut, je nachdem, wer sie einstellte. Die meisten Mütter waren spindeldürr, als hätten sie keine Zeit, etwas Vernünftiges zu essen. Sie wirkten gelangweilt und nervös zugleich. Die Väter trugen Anzüge und Krawatten und erzählten einander, wie sie es knapp geschafft hatten, ihren beruflichen Verpflichtungen zu entkommen. Meretes Vater war an diesem Nachmittag aus dem Iran zurückgekehrt. »Aber wo sind bei deinem Teufel die Augen«, fragte ihre Mutter gut gelaunt, »und wo sind die Hörner?« »Wieso Augen, wieso Hörner«, sagte Merete laut, »hast du vielleicht Hörner?« Sie hatte es einfach so dahingesagt und war selber überrascht, als es plötzlich still wurde und alle sie ansahen. Ihre Mutter war rot geworden, ihr feines, blasses Gesicht glühte vor Scham, und zum ersten Mal empfand Merete mit vollem Bewußtsein die ungeheure Macht, die sie mit ihren Worten ausüben konnte. Micheles Tod, dachte sie, gab Almut die Macht über seine Vergangenheit, über seine Fehler und seine Tugenden, über all das, was er getan, gesagt und gedacht hatte, kurz über seine ganze Existenz, über die sie fortan verfügen würde wie ein mittelmäßiger Schriftsteller über seine Figuren.

Peter Schmied war fünfundfünfzig, ein eher kleiner, untersetzter Mann, an dem die Jahre nicht spurlos vorübergegangen waren. Er liebte es, sich körperlich zu verausgaben; so war er ein begeisterter Sportler, was ihn nicht daran hinderte, jeden Tag zwei Schachteln Muratti zu rauchen und beachtliche Mengen Rotwein zu trinken. Das Auffälligste an ihm aber war seine Haut. Trotz seiner eher ungesunden Lebensweise war sie so hell und durchsichtig wie die eines Kindes. Es kam Merete vor, als liege alles bei ihm an der Oberfläche; seine Aufmerksamkeit kam schnurstracks auf einen zu, mit einer eigentümlichen, erschreckenden Kraft. Als junger Mann war er Schriftsteller gewesen; »Verirren«, sein dritter Roman, war 1976 erschienen; seither hatte er nichts mehr publiziert und, glaubte man seinen Beteuerungen, die stets ein wenig trotzig wirkten, auch nichts mehr geschrieben. Er lebte mit seiner zweiten Frau (Yolanda war Gymnasiallehrerin für Deutsch und Englisch) und den drei halbwüchsigen Töchtern in einem der letzten alten Bauernhäuser am linken Ufer des Zürichsees und arbeitete an vier Tagen pro Woche als Betreuer in einem Behindertenheim.

Peter hatte umgehend zurückgeschrieben: Und wo bleiben severin und jonathan, wenn du nach durban fliegst? Merete war gerührt; obschon Peter die Kinder noch nie gesehen hatte (außer auf Fotos), dachte er daran, daß jemand für sie sorgen mußte. Keine sorge, schrieb sie zurück, sie bleiben in celerina und werden von ihrer nonna mit schrecklich ungesunden würstchen gefüttert.

Sie war keine jener Mütter, die die Fotos ihrer Kinder ständig im Portemonnaie mit sich herumtrugen. Wie kleine Trophäen, dachte sie, die der ganzen Welt beweisen sollten, daß sie nicht nur jung, klug, schön und erfolgreich waren (das sah man ihnen an), sondern auch glücklich. Merete hatte die Fotos extra für Peter herausgesucht, fast alle hatte Andreas gemacht, er fotografierte gut. Peter und Merete waren wie immer aufs Land gefahren. Unsere gestohlenen Nachmittage nannte Merete ihre kleinen Ausflüge, obwohl sie insgeheim davon überzeugt war, daß sie ein Recht darauf hatte. Das Recht, ein Geheimnis zu haben; etwas, das ihr allein gehörte.

Sie kannten sich damals erst ein paar Wochen. Peter

hatte einen hübschen Landgasthof ausfindig gemacht, wo man draußen sitzen konnte, obwohl es ziemlich kühl war. Sie setzten sich nebeneinander, und Merete holte den prall gefüllten Briefumschlag aus dem Rucksack. Das erste Foto zeigte Merete hochschwanger in der Badewanne. Ihre Brüste waren riesig, die Warzen schimmerten violett. Dann Jonathan, kaum ein paar Stunden alt, ein faltiger rothäutiger Säugling, auf dessen Gesicht noch die Anstrengung einer langen Reise lag; Jonathan mit einer Rassel im Mund; Jonathan im Laufgitter; Jonathan an seinem ersten Geburtstag vor einem Schokoladenkuchen, der mit bunten Smarties verziert war. Andreas hatte ihn gebacken. Er war viel zu süß, sagte Merete, pampig und süß. Dann Severin auf Jonathans Schoß; Severin in der Badewanne; Severin in einem Feriendorf in der Nähe von St. Tropez, das Gesicht voller Pusteln. »Das war im letzten Sommer«, sagte Merete, »und ausgerechnet in der ärgsten Hitze hat er die Windpocken bekommen, jede Nacht vierzig Grad Fieber.« »Immerhin ist dein Mann Arzt«, sagte Peter, »ich erinnere mich an ähnliche Geschichten, als unsere Kinder klein waren, wie oft haben wir mitten in der Nacht den Notarzt gerufen.«

Merete fühlte sich zurechtgewiesen wie ein Kind, das sich aufspielte mit Sachen, von denen es nichts verstand. Sie sahen sich stumm den Rest der Fotos an. Es war wie im Kino, die letzten fünf Jahre rauschten im Zeitraffer an Merete vorbei, als seien die Fotos alles, was davon übriggeblieben war, und sie hatte zum ersten Mal das Gefühl, Andreas zu verraten, Andreas und sich selbst. Es war, als gebe sie einem Fremden – Peter erschien ihr plötzlich wie ein Eindringling – ihre spezifische, mühsam errungene Geschichte preis, etwas, das bislang nur ihnen gehört hatte und was sie zusammenschmiedete; die zermürbenden Machtkämpfe, die irgendwann im Bett endeten, die kleinen Kränkungen, Momente des Glücks und die schale Befriedigung, wenn der andere mal wieder einen Fehler gemacht hatte, den man ihm vorwerfen konnte.

Sie saßen in verdrossenem Schweigen da und tranken Kaffee. »Eine nette kleine Familie seid ihr«, sagte Peter versöhnlich. »Andreas sieht gut aus, er hat einen guten Beruf, er liebt dich, das sieht man, und du liebst ihn, nehme ich an.« Er warf Merete einen unbestimmten Blick zu, als erwarte er ihren Protest. »Ihr habt eine schöne Wohnung«, fuhr er fort, »du arbeitest an deiner Diss und schreibst deine Artikel, vielleicht bist du manchmal unzufrieden oder übermüdet, das ist normal. Die Kinder sind gesund, hübsch und aufgeweckt. Mehr kann man vom Leben wirklich nicht verlangen.« Er stand auf, ging ein paar Schritte, kehrte zum Tisch zurück und blieb mit aufgestützten Händen vor Merete stehen. »Warum zum Teufel willst du das alles aufs Spiel setzen, noch dazu für einen mißtrauischen alten Sack wie mich, mal ganz davon abgesehen, daß ich das niemals zulassen werde?«

»Du hast ja keine Ahnung«, sagte Merete. »Natürlich habe ich keine Ahnung«, sagte Peter, »trotzdem habe ich recht. Aus irgendeinem verzweifelten Grund glaubst du, du müßtest dein Leben kaputtmachen.«

»Muratti sind Frauenzigaretten«, war das erste, was Merete zu ihm gesagt hatte. Sie standen in der Pause eines Jazzkonzerts zufällig nebeneinander. Es waren höchstens zwanzig Leute da, und alle anderen schienen sich zu kennen. »Meine Schwester ist vor drei Wochen an Lungenkrebs gestorben«, sagte er, »sie hat vor fünf Jahren mit dem Rauchen aufgehört, aber ab einem bestimmten Alter erholt sich die Lunge nicht mehr. Da kann man ebensogut weiterrauchen. Sie hat übrigens ebenfalls Muratti geraucht.« Merete wußte nicht recht, was sie sagen sollte: »Das tut mir leid mit Ihrer Schwester.« Peter lachte. »Ich mochte sie nicht. Man könnte sagen, ich habe sie seit meiner Kindheit gehaßt. Merkwürdig, aber wahr. Sie hieß Adelheid – wir nannten sie Heidi – und war fünf Jahre älter als ich. Sie war eine brillante Schülerin, begabte Geigerin, der absolute Liebling meines Vaters; eine unglückliche Zahnstellung allerdings, die man damals noch nicht korrigieren konnte, hat ihr Gesicht regelrecht entstellt. Später hat sie sich mit Karma und Esoterik beschäftigt und hielt es für ihre Lebensaufgabe, mit diesen gräßlichen Zähnen herumzulaufen. Sie hat nie geheiratet. Sie wurde Kinderärztin und hat ihr halbes Leben damit verbracht, afrikanischen Kindern beim Sterben zuzusehen. Ich weiß nicht warum, aber ich hatte ständig Alpträume, die alle mit ihr zu tun hatten, unaussprechliche Dinge; seit sie tot ist, habe ich Ruhe.« Merete sah ihn an, er lächelte erneut, seine hellen Augen blitzten, es schien ihm Spaß zu machen, sie zu irritieren. Denn was er erzählt hatte, *unaussprechliche Dinge,* ließ sie sofort an perverse Sexszenen denken. An eine Achtzehnjährige, die mit ihren vorstehenden Zähnen den Penis ihres kleinen Bruders leckte. Ein Dreizehnjähriger, der seiner Schwester die Faust in den Mund schob, damit sie nicht schrie, während er sie würgte, und an Stelle der Schwester sah sie plötzlich ihren eigenen Körper auf dem rauhen Betonboden liegen; geschunden, gedemütigt, erlöst.

Natürlich erzählte sie ihm nichts davon. Nach der Pause setzten sie sich nebeneinander, und manchmal trafen sich ihre Blicke. Dieser Mann weiß alles über mich, dachte Merete und spürte, wie sie rot wurde, sie hätte auf der Stelle und vor allen Leuten mit ihm schlafen wollen, ihr ganzer Körper erhitzt von erregender Scham.

So hatte es angefangen. Das war in diesem Sommer gewesen, Ende Mai 2001, kurz vor ihrem dritten Hochzeitstag, und von da an waren die festgefügten Dinge in Meretes und Andreas' Leben nacheinander explodiert, als wären sie alle an einer Zündschnur aufgereiht.

An jenem Juliabend des Jahres 1965, als Silvia Huber, ihre spätere Mutter, sie in einem Hauseingang im Zentrum von Durban gefunden und ins Blue Waters Hotel gebracht hatte, war Merete nichts als ein Baby gewesen. Wer auch immer ihre Eltern gewesen waren, sie hatten es nicht für nötig befunden, ihr wenigstens ein Zettelchen umzubinden und den Namen darauf zu schreiben, den sie für sie ausgesucht hatten. Sie war immerhin schon ungefähr drei Monate alt; sie konnte lächeln und stützte sich in Bauchlage mit den Händchen ab. Ein namenloses Baby, gezeugt und geboren von einem Mann und einer Frau, deren Gesichter und Namen, deren Wesen, Gedanken und Handlungen, ja deren schiere Existenz – in Meretes Bewußtsein zumindest – keinerlei Spuren hinterlassen hatten. Sie waren da und sie waren nicht da, sie existierten und sie existierten nicht; sie lebten oder sie waren längst tot, es änderte nichts.

»Jeder Geschichte fehlt etwas, und wenn sie tausend Seiten hat«, hatte Peter ihr gesagt, »eine Geschichte zu erzählen ist stets der mehr oder minder geglückte Versuch, der Unendlichkeit Grenzen zu setzen. Wir Menschen neigen dazu zu glauben, daß wir die Endlichkeit nicht ertragen, dabei ist es umgekehrt. Es ist die Unendlichkeit, die wir nicht ertragen, weil sie unmenschlich ist.« Sie ruderten auf dem Zürichsee. Sie hatten zwei schmale ultraleichte Boote aus Fiberglas gemietet; von weitem, dachte Merete, mußten sie aussehen wie überdimensionierte Papierschiffchen. Nach dem Konzert hatten sie sich wie selbstverständlich für den nächsten Dienstag verabredet. Andreas hatte in dieser Woche Nachtdienst im Unispital. Nachmittags, wenn er ausgeschlafen hatte, kümmerte er sich um die Kinder, so daß Merete an ihrer Dissertation weiterschreiben oder sich mit den schlechtbezahlten Artikeln abmühen konnte, die sie als freie Mitarbeiterin für Kunstzeitschriften verfaßte. Meistens arbeitete sie zuhause; seit letztem Winter hatte sie zusätzlich ein kleines Büro gemietet. Es war ein strahlend schöner Nachmittag, und Merete versuchte vergeblich, den Bewegungsablauf nachzuahmen, der bei Peter so einfach und elegant aussah, obwohl er ziemlich schwitzte und sich auf seiner Stirn häßliche rote Flecken abzeichneten. Sie schaffte es nicht, die Ruderblätter im richtigen Winkel ins Wasser zu stechen. Peter hatte sich herzlich amüsiert über ihre Ungeschicktheit. »Denn was immer wir tun oder lassen«, rief er ihr zu, »ist nichtig, vom Standpunkt der Unendlichkeit aus gesehen.« Die Wasseroberfläche schimmerte, je nach Blickwinkel schien sie fast weiß. »Das hat übrigens Joseph Brodsky geschrieben, ein russischer Dichter, Nobelpreisträger.« Merete sagte ihm nicht, daß sie Brodskys Essays kannte. Sie zitierte ihn in ihrer Dissertation. Klee hatte mehr als dreihundert seiner fertigen Bilder in zwei, drei oder vier Teile zerschnitten. Die meisten der so entstandenen Werke hatte er als eigenständige Arbeiten betrachtet und ihnen neue Titel gegeben. Die Dissertation hatte sie beinahe fertig gehabt, als sie mit Jonathan schwanger wurde. Im fünften Monat hatte sie vorzeitige Wehen bekommen und mußte wochenlang liegen, um das Kind nicht zu verlieren, aber die Diss würde sie trotzdem hinkriegen, auch wenn der Abschluß sich bis nach der Geburt verzögern sollte. Babys schliefen bis zu achtzehn Stunden am Tag. Im siebten Monat der Schwangerschaft, die endlich stabil schien, war es eine einzelne, exakt in zwei Hälften zerschnittene Zeichnung mit dem Titel »Im Zeichen der Teilung«, deren Bedeutung ihr plötzlich zweifelhaft schien und die sie neu überdenken mußte. Symbolisierte der Schnitt durch die halb pflanzenhaften, halb anthropomorphen Figuren die Zellteilung und somit den Wachstumsprozeß, oder bedeutete der Akt des Zerschneidens 1940, mitten im Krieg und kurz vor Klees Tod, bloße Zerstörung, oder war es beides zusammen? Dann war das Kind zur Welt gekommen. Ein gesunder Junge, Jonathan Elias, sechs Wochen zu früh. Seine winzigen Finger waren verschrumpelt, das Gesichtchen uralt, die Haut blaß und geädert. Das Stillen dauerte Stunden, und Merete saß plötzlich den ganzen Tag auf dem Sofa und stellte schon mittags den Fernseher an. Meist bleib sie bei RTL oder Sat 1 hängen. Die Sendungen, die sie sich ansah, hießen alle ungefähr gleich, »Hilfe, mein Freund ist zu fett« oder »Sag mir endlich die Wahrheit« oder »Mein Kind ist nicht von dir«, und sie begann sämtlichen Teilnehmern sämtlicher Talkshows irgendwie beizupflichten. Jeder hatte auf seine Weise recht, dachte sie dumpf und fühlte, wie ihr Denken leise verschwamm, und bald konnte sie das müde fahle Gesicht, das ihr in den Werbepausen aus dem Spiegel entgegensah, nicht mehr von all den Gesichtern unterscheiden, die über den Bildschirm flimmerten, ebenso müde und ebenso fahl. Natürlich wollte sie weiter schreiben, die Dissertation endlich abschließen, aber wie sollte das gehen? Andreas war noch immer Assistenzarzt und verbrachte sechzig, siebzig Stunden pro Woche in der Universitätsklinik, und das Kind in eine Krippe zu geben oder es einem Babysitter zu überlassen, ihrer Mutter gar, kam überhaupt nicht in Frage. Sie konnte Jonathan nicht aus den Augen lassen, nie konnte sie sicher sein, daß er noch atmete. Nach ein paar Wochen mußte der Kleine operiert werden. Ein Leistenbruch, nichts Schlimmes. Im Frühjahr darauf zogen sie in eine größere Wohnung, im Sommer begann Jona zu kriechen und die unteren Küchenschränke auszuräumen, und Ende August 97 stellte Merete all ihre Bücher in das oberste Fach des Ikearegals, das die Farbe hatte von Kirschbaumholz, ein warmes, rötliches Braun. Den Laptop packte sie ein; die Laserkopien der Bilder, Zeitungsartikel zum Thema, vollgeschriebene Notizhefte und Hunderte loser Zettel schob sie unter den Schreibtisch, und alles deckte sie zu mit einem alten Leintuch, das sie regelmäßig ausschüttelte, damit es nicht allzusehr verstaubte.

»Warum hast du aufgehört zu schreiben?« fragte Merete, als sie es endlich geschafft hatten, das Boot an die Anlegestelle zu steuern und auszusteigen. Sie fühlte sich schwindlig, der feste Boden schwankte unter ihren Füßen, und dankbar ergriff sie zum ersten Mal Peters Hand. Sie war unangenehm feucht. Und Peter schwieg. Hand in Hand stiegen sie die Böschung hoch und rannten zu Peters Kleinbus, ein hellroter Toyota, den er auch für kleinere Ausflüge mit den Behinderten benutzte.

Als sie sich am 18. September in Meretes Büro im boomenden Westend von Zürich zum ersten Mal liebten, konnte Peter nicht in sie eindringen; sein Penis blieb klein und schlaff. Zuerst war Merete enttäuscht, dann tat er ihr leid; später legten sich ihre unausgesprochenen Gefühle wie eine Fruchtblase um ihre verstummten Körper, die in der Embryonalstellung verharrten, als warteten sie noch immer darauf, geboren werden.

Merete war siebenundzwanzig gewesen, als sie die Geschichte, wie ihre Mutter sie als Baby gefunden hatte, zum ersten Mal hörte, und sie erinnerte sich, daß sie ihr vollkommen absurd vorgekommen war.

Merete und Andreas hatten sich den Ort angesehen. An der Ecke Soldiers Way/Commercial Street stand jetzt ein bescheidenes Pessoa-Denkmal. Man konnte es leicht übersehen. Es war eine wie zwischen Schraubzwingen flachgequetschte Bronzebüste. Fernando Pessoa, der portugiesische Dichter, hatte den größten Teil seiner Kindheit – von 1895 bis 1905, er war 1888 in Lissabon geboren – in Durban verbracht. Sein Stiefvater amtierte dort als stellvertretender Konsul von Portugal. In dieser Zeit war Durban fast ausschließlich von Weißen bewohnt und das fruchtbare Umland, die Provinz Natal, eine der Speerspitzen des British Empire. Pessoa war nicht nur Dichter gewesen, sondern auch ein versierter Astrologe, und so hatte er für jedes der zahlreichen Heteronyme, die er erfand und unter deren Namen er schrieb, ein Horoskop erstellt. »Mein Interesse«, schrieb er, »galt schon früh dem Unglaubwürdigen, dem von Natur aus Unmöglichen.« Am Fuß des Betonsockels war ein Pessoa-Zitat zu lesen: *O salty sea, how much of your salt are tears of Portugal;* auf dem kleinen, von Verkehrslärm und Abgasen umwehten Platz, kaum zwanzig Minuten Fußweg vom Blue Waters entfernt, das um die Jahrhundertwende (unter Pessoas Augen) erbaut worden war, saßen vollbepackte schwarze Mütter und fütterten ihre Kinder mit Fast Food aus dem nahen Kentucky Fried Chicken.

Manchmal wünschte sich Merete, ihre Mutter hätte ihr nie die Wahrheit gesagt, die sich oft anfühlte wie eine chronische Krankheit. Eine Krankheit, die weniger ihre Zukunft bedrohte, als vielmehr ihre ganze Kindheit und Jugendzeit mit einem fahlen, unwirklichen Schleier überzog. Alles, was sie damals zu wissen geglaubt, was sie empfunden, gehört und gesehen hatte, war falsch.

Eine einzige Erinnerung gab es, die Merete beinahe auf die richtige Spur gebracht hätte, aber eben nur beinahe.

Das Album stand im obersten Fach des Bücherregals. Merete war allein zuhause und sie hatte die Leiter geholt, um das Regal nach Bildbänden abzusuchen, die ihre Mutter regelmäßig bestellte, wenn sie genügend Mondo- oder Silvapunkte gesammelt hatte. Sie liebte diese Bildbände, die Menschen aus fernen Ländern zeigten, aus Afrika oder Asien. Aimée – Meretes einzige Cousine, die Tochter von Silvias Schwester – war zwanzig Jahre älter. Sie lebte in Genf und hatte einen Freund, der Neger war. Meretes Mutter sagte, sie hoffe bloß, diese Aimée sei nicht so blöd, ihn zu heiraten. Merete – sie war ungefähr sechs – hatte noch nie einen richtigen Neger gesehen. Das Album hatte einen braunen, wattierten Umschlag, und zwischen den dunkelgrauen Seiten lagen halb durchsichtige Folien. Die Fotos waren beschriftet, unter jedem Bild klebte ein weißer Zettel. Merete buchstabierte laut, sie ging noch nicht zur Schule und hatte sich das Lesen eben erst selber beigebracht. Meretes Vater – Max Huber – als Kind mit seinen Eltern. Seine Mutter 1920 als junge Frau. Ihr Vater allein mit Hut und Mantel in den Bergen und vor verfallenen Tempeln. Zwischen den eingeklebten Bildern lagen zwei lose Fotos. Beide zeigten dieselbe Frau. Sie hieß Franziska. Sie hatte dunkle Haare – die Fotos waren schwarzweiß – und dunkle Augen. Das erste Bild war 1959 in Paris aufgenommen worden. Auf dem zweiten Bild trug Franziska ein wunderschönes Kleid, das bis zum Boden reichte. Sie war umringt von jungen Männern, die eine Art Uniform trugen. Einer von ihnen hatte den Arm um sie gelegt. Es war ihr Vater. Ihr Vater hatte den Arm um diese Franziska gelegt und strahlte sie an. Und es schien ihr, als offenbarten sich auf einen einzigen Blick ein lang verschwiegenes Geheimnis und seine Auflösung.

Er liebt nicht Mama, dachte Merete wie betäubt, er liebt diese Frau. Vielleicht ist sie gestorben. Ja, so mußte es sein. Die fremde Frau war ihre richtige Mutter, und nach ihrem schrecklichen Tod hatte Papa die Mama geheiratet. Deswegen stritten sie so oft miteinander. Deswegen sah Vater sie manchmal so bekümmert an. In diesem Moment hätte Merete die beiden Bilder am liebsten verbrannt.

Sie hatte es nicht gewagt, ihre Eltern danach zu fragen. Sie hatte die Fotos an sich genommen und in ihrem Zimmer unter dem neuen braunen Wollteppich versteckt.

4

Andreas bist du's?« Michele sprach schwerfällig in den Hörer; er fühlte sich schwindlig und matt. Sie hatten gestern abend zur Feier seines 77. Geburtstags mit Champagner angestoßen, und zum Schluß waren sie ziemlich betrunken gewesen, Almut und er. Später im Bett hatten sie einander umarmt; als reichten ein paar Gläser aus, hatte er gedacht, um die Ernüchterungen einer langen Ehe abzustreifen und darunter eine verschüttete Zuneigung wiederzufinden. Er mochte keinen Champagner, er bevorzugte Bier und Grappa. Trotzdem, es war schön gewesen. Sogar Helene hatte ein Glas getrunken.

»Papa?« sagte Andreas halb erschrocken und zündete eine Zigarette an, hier durfte man wenigstens rauchen. Er hatte es endlich geschafft, einzuchecken und sich in eine Bar zu setzen, wo man einigermaßen ungestört telefonieren konnte. Es hatte ihn einige Überwindung gekostet, die Nummer seiner Eltern zu wählen; er haßte es, anzurufen und ungefragt mit schlechten oder guten Nachrichten überschwemmt zu werden. Er fragte sich oft, wie andere es aushielten, stets hier zu sein, *pronto,* und niemals mehr dort, unerreichbar anderswo. Mit eingeschaltetem Mobiltelefon wartete man in der Morgendämmerung auf den Bus, kochte, aß, putzte sich die Zähne, und selbst nachts noch legte man es neben das Kopfkissen, grün blinkend im Rhythmus des eigenen Herzschlags.

»Ja«, sagte Michele und erhob sich mühsam aus seinem Sessel. Er schob die weißen Vorhänge zur Seite und sah aus dem Fenster ins Tal. Es hatte aufgehört zu regnen, eine Bergdohle schwang sich vom gegenüberliegenden Hausdach in die Lüfte, der Himmel lag still und molkefarben über dem Engadin. Aus der Küche roch es nach Kaffee, den Almut für sich gekocht haben mußte.

Er blickte auf seine rechte Hand. Sie zitterte, und wie fast immer in letzter Zeit, schienen die braunen Flecken auf der Haut zu tanzen. Wie Bienen, dachte er, die einander so die Flugwege zu nektarreichen Blüten beschrieben, eingesperrt in ihr genetisches Erbe, das sie zwang, einander zu verstehen. Sich an früher zu erinnern, dachte er, war so viel einfacher, als was geschehen war zu verstehen. Als kleines Kind hatte er – er konnte noch nicht richtig lesen, die Buchstaben waren wie Bilder für ihn – in die Rinden der Arvenbäume OHIO geritzt, das H war eine Leiter und das I eine Straße in die Zukunft, eingerahmt von den beiden O: die offenen Münder seiner Eltern Roberto und Amalia, wenn sie am späten Nachmittag auf dem Sofa dösten. Seine Mutter kam von der Arbeit, sein Vater würde bald mit der Nachtwache beginnen. Sie hielten sich an den Händen, ihre Nacken waren beängstigend nach hinten gekrümmt, und ihre Münder hatten sich immer weiter geöffnet, bis sie aufschreckten und das Schauspiel von neuem begann.

»Papa?« wiederholte Andreas.

»Wo bist du?« fragte Michele, *»dove sei?«*

Das Grab seiner Eltern auf dem kleinen Friedhof von Celerina war längst geräumt und von neuen Toten besetzt. Kaum hundert Jahre nach ihrer Geburt waren schon sämtliche Spuren ihrer Existenz getilgt. Als hätten sie diese Welt nie betreten, dachte Michele, war ihr Leben endgültig zusammengeschrumpft auf die beiden Fadenkreuze der Längen- und Breitengrade ihrer Geburtsorte Averrara und Santa Brigida. Roberto hatte die beiden Dörfer auf der vergilbten Landkarte eingetragen, die – umringt von anderen Landkarten – über dem neuen Breitbild-Fernseher hing, den sie extra für Helene gekauft hatten.

»Ich bin in Johannesburg, Südafrika«, sagte Andreas.

Nach einer Fehlgeburt auf dem Angestelltenklo des Cresta Palace – das Kind, ein Junge mit winzigen, durchsichtigen Fingern, hatte fast zwanzig Minuten in Amalias schweißnassen Händen gelebt – war Michele das einzige Kind seiner Eltern geblieben. Seit er von seinem toten Bruder wußte, lag im Gedanken an die Vergänglichkeit des eigenen Lebens ein brennender Trost. Manchmal, wenn er durch die Wälder seiner Kindheit wanderte, stellte er sich vor, daß irgendwo in Samaden, Zürich oder Paris Einbauschränke und Kommoden, Stühle und Sitzbänke standen, die sich an seine kindlichen Baumschnitzereien erinnerten. An die beiden O-Münder von Roberto und Amalia, an seine kindlichen Ängste und Träume; besser und genauer vielleicht als er selbst. Denn seit längerem spürte er, wie ihm zwar nicht die Bilder, aber die zugehörigen Wörter abhanden kamen.

»Andreas?« wiederholte er laut, die Verbindung war schlecht, und dazu kam Helenes Gebrabbel; er drehte sich um, preßte den nikotingelben Zeigefinger an seine Lippen und sah Helene sanft beschwörend an. Sie saß auf dem Sofa und sah gebannt auf den Bildschirm. Sie trug enge rosa Leggings und dazu einen weiten, grasgrünen Pullover – ihr Lieblingspullover –, den sie vor bald zwei Jahren weinend aus der Plastiktüte für die Altkleidersammlung gerettet hatte.

Sie schien ihn kaum wahrzunehmen. Die Videokassette lief wie immer ohne Ton, doch Helene kannte den Text stellenweise auswendig und sprach die Dialoge mit. Es hörte sich an, als soufflierte sie den Schauspielern der 49. Folge des Denver-Clans ihre Sätze. Die Folge hieß *Madness,* und Helene formte mit ihrer schweren Zunge – man hatte sie operativ verkürzt, was nicht viel gebracht hatte – ein kaum verständliches *»I love you, Babe, yes I do«.* Ihre Füße waren aufgequollen. Michele wußte, daß sie sich glänzende schwarze Schuhe wünschte, Almut mußte ihr bald welche kaufen, dachte er, vielleicht gab es solche, die ihr paßten, vorn nicht zu spitz.

»Papa?« sagte Andreas zögernd und legte die Hand an sein rechtes Ohr, um die Lautsprecher des Flughafens zu überhören, »wie geht's?« fragte er so leichthin wie möglich.

Am Nebentisch beugte sich ein älteres italienisches Paar über eine Afrikakarte, und ihre Gesichter, vom langen Flug übernächtigt wie sein eigenes, brannten sich in seinem Gedächtnis ein gegen seinen Willen: Die Frau war stark geschminkt, eine vom Rauchen wohl großporige Haut, kantiges Profil, Hornbrille, der Mann ein gealterter Beau mit schütterem farblosem Haar. Sie erschienen ihm wie Schauspieler aus einem Film von Fellini; *E la nave va,* dachte er und verstand, daß sie in Durban aufs Schiff wollten, das sie der Ostküste Afrikas entlang zurückbringen würde nach Italien – als legten sie, den Indischen Ozean durchpflügend, bloß eine Warteschlaufe ein vor dem endgültigen Alter.

»Wo bist du«, fragte Michele nochmals, *»dove sei?«*

»In Johannesburg, Südafrika«, wiederholte Andreas, »wie geht's euch allen, ich wollte dir zum Geburtstag gratulieren, ich bin einen Tag zu spät, ich weiß.«

»Und was machst du dort?«

»Ein Ärztekongreß«, sagte Andreas, ohne nachzudenken.

»Hör mal, ich habe vorgestern Lottoscheine gekauft«, sagte Michele schnell, »und jetzt weiß ich nicht, hab ich sie im Auto gelassen oder am Kiosk vergessen. Und im Jackpot sind 1,6 Millionen. Ich werde mal im Auto nachsehen, vielleicht sind sie im Handschuhfach, was meinst du, oder ich fahr zum Bahnhofs-«

Michele brach ab, doch seine Stimme hielt den hohen Ton, als suche er noch immer das eine erlösende Wort »Kiosk« – wo er seine Lottoscheine holte –, das irgendwo in seinem Kopf verschüttet lag. Noch litt er unter seinem schwindenden Gedächtnis – Almut hoffte, ihm die ärztliche Diagnose, Alzheimer im Anfangsstadium, so lange verheimlichen zu können, bis er deren Bedeutung vergessen haben würde –, und so war er jedes Mal glücklich, wenn er sagen konnte, »ich erinnere mich«.

»Warum fragst du nicht Mama, oder Helene«, sagte Andreas und biß sich auf die Lippen. Helene, dachte er, *oh my god Helen.* Amore oder *Oh-my-god-Helen,* fast alle im Dorf nannten sie so, seit sie eine Zeitlang zu allem und jedem *»oh my god«* gesagt hatte.

»Amore, ja natürlich«, sagte Michele matt, »willst du sie sprechen? Sie sitzt neben mir und schaut *Madness.*«

»Nein nein, ich lasse sie grüßen«, sagte Andreas hastig, »und natürlich auch Mama.«

»Vielleicht hab ich die Lottoscheine schon ausgefüllt, und Almut hat sie verlegt«, fuhr Michele fort, »jetzt erinnere ich mich, so ist es gewesen, ich hab sie doch auf dem –«

»Ich muß mein Handy aufladen«, sagte Andreas, »tut mir leid, ich muß Schluß machen, ich wollte euch bloß allen einen guten Tag wünschen.«

»Ich wollte dich was fragen«, sagte Michele; er sprach gedrängt – als ahnte er, daß ihm nicht mehr viel Zeit blieb, sagte Andreas später, als er es Merete erzählte –, »ich hab da was gelesen, eine Untersuchung, daß die Menschen in Bangladesch am glücklichsten sind, heißt das, unser Wohlstand ist bloß ein Ersatz, ist das, sind wir, *como dire,* ist das die zynische Erkenntnis der Ersten Welt mit ihren Untersuchungsmethoden, ist es die Selbstachtung der Menschen dort, wollen sie wenigstens glücklich sein, *contenti,* wenn sie schon nichts zu essen haben, und dann sind sie auch noch Muslime, und das Wort, das bedeutet, hab ich gelesen, Frieden, *pace,* mit sich und –«

»Darüber müssen wir wirklich ein anderes Mal sprechen«, sagte Andreas, *»parliamone un' altra volta.«*

»Aspetta«, sagte Michele, *»non mi sento molto bene.«*

Doch Andreas hatte schon aufgelegt. Er hatte vergessen, fiel ihm ein, seinen Vater nach Nurejew zu fragen. Er trank den Rest Mangosaft und sah Michele zuhause auf dem uralten Sofa sitzen, mit offenem Hosenschlitz und fleckigem Hemd, eingerollt in seine schmal gewordene Welt voll eigenwilliger Bedeutung. Seit Jahren kreuzte er auf seinen Lottoscheinen hartnäckig dieselben Ziffern an 3, 7, 1, 9, 5, 8; sein Hochzeitsdatum.

Wenn Helene übers Wochenende zuhause war, saß sie stundenlang auf dem Sofa vor dem Videorekorder.

Als wüßte sie, daß man sie vergessen hatte, begann sie zu lachen und mit sich selbst zu sprechen, ihren Oberkörper hin und her schaukelnd; sie war verliebt, verliebt in die Heilige Jungfrau Maria der kleinen Kirche, in die Gäste einer Spielshow am Fernsehen, in Joan Collins und wie sie alle hießen; den Denver-Clan hatte sie am Schweizer Fernsehen, auf österreichischen, französischen und italienischen Kanälen verfolgt und später auf Videokassetten, und mit all den imaginären Geliebten führte sie ihren einsamen, hoffnungslosen Dialog. *»Will you have a baby?«* fragte sie sehnsüchtig und leise. Und so wartete sie seit Jahren auf ihr eigenes Kind, das sie, eingewickelt in eine Coop-Plastiktüte, unter dem weiten grasgrünen Pullover trug; eine kleine, nackte, schwarze Puppe, die sie Bébé nannte. Andreas dachte an ihre hellen wäßrigen Augen, an ihre immer zu trockenen aufgesprungenen Lippen, als träumte sie von einer Liebe ohne Hoffnung, dachte er, schöne Aussichtslosigkeit.

Bis sie ungefähr sieben waren, hatten sie immer im gleichen Bett geschlafen. Es half nichts, daß sie je ein eigenes Zimmer hatten. Mitten in der Nacht kroch er zu ihr oder sie zu ihm ins Bett, und am anderen Morgen fanden die Eltern sie eng aneinandergekuschelt, die Arme und Beine ununterscheidbar ineinander verknäult.

Andreas zahlte, stellte sein Mobiltelefon aus – er würde es tagelang nicht mehr einschalten – und begab sich zum Ausgang 23.

»Ich wünsche dir auch einen guten Tag«, wiederholte Michele ein wenig zu langsam, und er hielt den Hörer noch immer ans Ohr gepreßt, als längst schon das Besetztzeichen ertönte, unaufhaltsam, bis er es nicht mehr unterscheiden konnte von seinem eigenen Herzschlag, der sich rasend beschleunigt hatte, und vom Schmerz im linken Arm, der ihn in seinen Besitz nahm wie zärtliche Eltern ihr neugeborenes Kind, eine leichte, wehrlose Beute.

Helene begann ihn zu schütteln; sie schrie nach Almut, die im oberen Stock der Chesa Michele die Ferienwohnung für die nächsten Gäste vorbereitete, die Suppenteller nachzählte, die fehlende Zitronenpresse ersetzte, während Michele mit dem Schmerz eins wurde. Als verwandelten sich Arme und Kopf, Magen und Brustbein in reine, helle, kalte Todesangst. Drehte sich die Welt um ihn, oder drehte er sich um die Welt, erbrach er den Schmerz, erbrach der Schmerz ihn, war er noch wirklich, war er diese kleine bittere Lache, die sich auf dem Parkett ausbreitete, schleuderte es ihn weg, oder brachen das Haus und die Zeit über ihm ein?

Michele war 77 Jahre und einen Tag alt geworden; Geschwister hatte er keine, seine nächsten Verwandten waren ein paar betagte Cousins und Cousinen sowie deren Kinder und Enkel. Sie lebten alle in Italien und in den Vereinigten Staaten und waren so kurz nach den Terroranschlägen zu verängstigt, zu müde oder zu sehr mit ihrem eigenen Durcheinander beschäftigt, um zur Beerdigung eines entfernten Verwandten anzureisen, dessen Tod nichts Tragisches an sich hatte; nichts, woran man sich weiden konnte, betroffen und erregt von der Grausamkeit des Schicksals.

Seit zwei Wochen hatten sie Sommerferien. Das Wetter war gut, die Sonne strahlte. Andreas war den ganzen Tag in seinem Zimmer geblieben. Hoch aufgeschossen und breitschultrig, als hätten die Knochen beschlossen, den introvertierten, ein wenig ungelenken Jungen doch noch in einen Athleten zu verwandeln, saß er an seinem Schreibtisch im Obergeschoß der Chesa Michele und hielt einen Objektträger ins Licht.

Das erste Foto dieser Serie ist unscharf; Michele hat den Auslöser gedrückt, bevor er etwas sehen konnte. Es war der 24. Juli 1981; als sein Vater an die Tür klopfte und Andreas ihn hereinbat, wußte er noch nicht, daß er dieses Datum nicht vergessen würde. Vor ihm stand sein Mikroskop, über die ganze Tischplatte verteilt eine Ansammlung von Fläschchen, Objektträgern, Glasplättchen, Pinzetten, Seziermessern und weiteren Utensilien, die er für seine Forschungsarbeit an toten Insekten und Mäusen benötigte, die ihm seit kurzem allerdings vollständig sinnlos, ja geradezu lächerlich vorkam. Selbst der dritte Preis, den er im Rahmen von »Schweizer Jugend forscht« damit gewonnen hatte, irritierte und beschämte ihn eher, als daß er sich darüber freute. Ab Mitte August würde er in Samaden die Mittelschule besuchen. Der kindliche Eifer, mit dem er seine Untersuchungen betrieben und der ihn alles andere hatte vergessen lassen – seinen eigenen Körper vor allem, der dunkle Flaum auf den Oberlippen, sein Glied, das ihm riesig vorkam, häßlich und unnatürlich, die Füße, schmal und ebenso riesig; die Eltern, die sich kaum mehr stritten, sondern einander nur noch so gut sie konnten aus dem Weg gingen, die Mutter leise verbittert und der Vater ratlos; Helene, die ihn plötzlich zu hassen schien –, hatte sich in jenen Welt- und Selbstekel verwandelt, der wohl zur Pubertät gehörte, ihn jedoch, dachte er, nie wieder ganz verlassen würde. Ende November würde er sechzehn, und es schien ihm, als läge die beste Zeit seines Lebens schon hinter ihm. Obschon er nicht sonderlich glücklich gewesen war als Kind, hatte er das dumpfe Gefühl, als könne er der Person, die er geworden war, nichts mehr hinzufügen; als müsse sie im Gegenteil mit jeder weiteren Erfahrung Risse bekommen, um schließlich auseinanderzubrechen.

(Irgendwann später um die Jahrtausendwende, als er fünfunddreißig wurde und in seinem Leben längst unumkehrbare Tatsachen geschaffen hatte, drehte sich in seinem Kopf alles um, und es kam ihm vor, als hätte sein Leben noch gar nicht richtig angefangen.)

»Ich sterbe, bevor ich sechzehn werde«, sagte er an diesem Julinachmittag zu seinem Vater, der ihn fotografierte, »ich will nicht erwachsen werden.« »Bleib so«, sagte Michele und drückte wie besessen auf den Auslöser seiner alten Leica (die er schon oft verflucht hatte), »schön, jetzt dreh dich zu mir hin, sehr schön.« Und leise fügte er an: *»Sei bello, bellissimo come lui –«* Andreas, sein Sohn, war schön wie Alejandro. Selten, zwei, drei Mal pro Jahr vielleicht, erlaubte er sich, an Alejandro zu denken, wie er sich den Straßenstaub von Sevilla aus den Kleidern klopfte, die Peseten, die die Passanten ihm im Laufe des Tages zugesteckt hatten, achtlos in seine Tasche schüttete und *»vamos«* sagte. Wie sie nebeneinander hergingen, Alejandro und er, in fast schwerelosem Gleichschritt, der sich von selbst ergab, als hätten der Sommer und ihr augenscheinliches unausgesprochenes Glück kein Ende. Michele ließ die Kamera sinken. »Glaubst du, ich wollte erwachsen werden?« sagte er ruhig, »kein Mensch will erwachsen werden, bis er eines Tages merkt, daß es weniger weh tut.« Andreas war verblüfft. Er sah seinen Vater an, als sehe er ihn zum ersten Mal; das Gesicht im Halbschatten, stand Michele mit nacktem Oberkörper vor ihm. Er hatte den Rasen gemäht, seine enganliegenden Jeans waren voller Grasflecken. Die Luft im Zimmer war schwül, Michele schwitzte, seine fast rotbraune Haut, glatt und unbehaart wie die eines Jünglings, schimmerte weich im Dämmerlicht, und von seinen

Achselhöhlen stieg ein Geruch auf, scharf und betäubend. Sein Vater war siebenundfünfzig, genauso alt wie Marlon Brando, und er sah aus, wie Marlon Brando mit vierzig ausgesehen haben mußte, bevor seine verschwenderische Schönheit ins Monströse gekippt war – monströs, das Wort hatte sein Vater ins Spiel gebracht; *er* hatte ihn im letzten Winter gegen seinen Willen in *Apocalypse Now* geschleppt, obwohl der Film erst ab sechzehn freigegeben war. Marlon Brando spielte Captain Kurtz, einen Vierzigjährigen am Ende eines Lebens, das der Vietnamkrieg sich Stück für Stück einverleibt hatte, bis nichts mehr davon übrigblieb. Nach landläufigen Begriffen wahnsinnig geworden, Täter und Opfer zugleich, verkörperte der Captain bloß die höhnische Logik des Kriegs; ein hellsichtiger schamloser Schlächter, der noch seine eigene Ermordung als Triumph inszenierte.

»Andreas?« fragte Michele, plötzlich besorgt, »was ist los mit dir, *digame, dove sei* –« (manchmal mischte er Spanisch, Italienisch, Puter und Deutsch in einem einzigen Satz), und wedelte mit der rechten Hand vor den starren Augen seines Sohnes auf und ab. »Dir vielleicht nicht«, sagte Andreas benommen, als hätte man ihn aus einem Traum gerissen, »dir tut es vielleicht nicht weh, erwachsen zu sein«, und ohne recht zu begreifen, was er tat, packte er seinen verdutzten Vater, den er schon jetzt um einen halben Kopf überragte, an den Schultern, dirigierte ihn aus dem Zimmer in den Flur und schmetterte ihn mit voller Kraft an die gegenüberliegende Holzwand; »aber was ist mit Mama?« jetzt schrie er, »du hast sie nie geliebt, du hast sie aus reiner Bosheit geheiratet, gib's zu.« Erschöpft und seltsam befriedigt ließ er von seinem Vater ab, dessen Körper an der Wand entlang zu Boden glitt, ein trauriges waidwundes Tier, das ebenmäßige Gesicht hinter den Händen verborgen, die erstaunlich unförmig waren, geradezu grob. Wortlos drehte Andreas sich um, ging in sein Zimmer und warf die Tür ins Schloß. Erst jetzt merkte er, daß er weinte und am ganzen Körper zitterte. »Warum«, schluchzte er, »warum, woher kommt diese Wut. – Irgendwoher muß sie doch kommen!« brüllte er verzweifelt in Richtung Michele, doch aus dem Flur kam keine Antwort; er legte ein Ohr ans Schlüsselloch und horchte ängstlich gespannt, kein Ton war zu hören, weder Schritte noch Atemzüge. Wahrscheinlich, versuchte er sich zu beruhigen, saß der Vater längst unten in der Küche und trank sein Feierabendbier. Er drehte den Schlüssel um, jetzt war er eingeschlossen, sicher, wischte die Tränen weg und ging, weil er nicht wußte, wohin mit sich, eine halbe Stunde lang im Zimmer auf und ab. Auf dem Schreibtisch lag Amore, Helenes Hamster. Amore war am Vortag gestorben, Andreas hatte das Tier leblos im Käfig gefunden; es war der vierte oder fünfte Hamster, den die Eltern Helene geschenkt hatten, und alle hießen sie Amore. (Auch der nächste Hamster hieß Amore; die Eltern hatten Helene vom ersten Tag an Amore genannt, noch bevor sie die endgültige Diagnose bekamen. »Die Wörter fielen durch mich hindurch und schlugen am Boden auf, als wären sie kleine spitze Gegenstände und ich inwendig hohl«, sagte Almut zu Merete und Andreas, als sie im September 96 den neugeborenen Jonathan besuchte, der gesund und gierig an Meretes Brustwarze sog. »Ihre kleine Tochter, sagte der Oberarzt, und ich weiß noch, wie ich die ganze Zeit über auf seine gerötete Nasenspitze starrte, an der ein dicker Tropfen hing, ist leider tatsächlich, wie wir es vermutet haben, mongoloid.«)

Draußen wurde es langsam Nacht; das nahe Schulhaus, der breite Talkessel, die Engadinerstraße, dahinter der Stazerwald, die Gipfel des Rosatsch-Massivs, darüber der Himmel, an dem sich schwere Gewitterwolken türmten, vermengten sich zu einem formlosen dunkelgrauen Teig. Andreas knipste die Stehlampe an und setzte sich an den Tisch. Die Fensterscheiben warfen sein Spiegelbild zurück. »Amore«, sagte er und zog mit dem Skalpell einen tiefen Schnitt durch das rostgelbe Fell. Amores Kopf mit den starren schwarzen Kulleraugen, den auf Vorrat gefüllten Backentaschen, dem blaßrosa Näschen kippte nach hinten. Ein zweiter, oberflächlicher Schnitt, von der Kehle über das Geschlecht bis zum Anus, das Bauchfell war dunkler; behutsam trennte er die Sehnen und Nervenstränge durch, die die Muskulatur mit der Oberhaut verbanden, griff nach der Zange, zwackte den Schwanz und die Pfoten ab und hob das Fleisch aus dem Mantel. Er arbeitete konzentriert, mit ruhiger sicherer Hand; dennoch hatte sich etwas Entscheidendes verändert: Die Wehrlosigkeit des toten Tiers, die sauber herausgearbeiteten Organe, das winzige Herz, selbst die Schönheit der eingefärbten Muskelzellen unter dem Mikroskop ließen ihn vollkommen kalt, und einen Moment lang dachte er daran, das Mikroskop endlich und für immer in den Keller zu stellen und statt dessen mit den Jungs aus seiner Klasse auf dem Dorfplatz von Pontresina rumzuhängen oder gar mit dem Mofa durch die Dörfer zu kurven wie Marco und Gianluca, die sich einen Spaß daraus machten, haarscharf vor den Mädchen abzubremsen und mit Vollgas wieder davonzubrausen. Plötzlich fiel ihm wieder ein, was vor wenigen Stunden geschehen war; er sah auf die Uhr, es war Viertel nach zehn. Niemand hatte ihn zum Abendessen gerufen. Es war Freitag, Hochsaison, die Mutter putzte wahrscheinlich irgendwelche Ferienwohnungen, die morgen wieder belegt wurden, und der Vater saß mit Helene drüben in der Posta und erzählte wildfremden Touristen seine Geschichten, die um so verrückter wurden, je mehr er getrunken hatte. Vollkommen erschöpft deckte er das, was von Amore übriggeblieben war, mit einem aufgeklappten Taschenbuch zu, das er zu lesen angefangen hatte, *Narziß und Goldmund* von Hermann Hesse. Wie von weit her glaubte er sich daran zu erinnern, daß er gestern – als er noch ein dummes unschuldiges Kind war – Goldmund verachtet und Narziß bewundert hatte, für seine Strenge gegen sich selbst, der er nachzueifern gehofft hatte; mit einem Schlag hatte seine Bewunderung jeden Glanz verloren; er würde das Buch nie zu Ende lesen. Schwerfällig stand er auf, drückte die Playtaste des Kassettenrekorders und legte sich in den Kleidern aufs Bett. *The Wall* begann sanft, mit einer Art Wiegenlied, wie Hammerschläge setzten dann die ersten Akkorde ein, die endlich das Stimmengewirr in seinem Kopf übertönten; seine Hände zerrten am Reißverschluß der Jeans, sein Glied war warm und weich, und er dachte an das namenlose belgische Mädchen aus dem jüdischen Kinderheim, *dragging behind you the silent reproach,* sang Roger Waters oder war es David Gilmour, *of a million tear-stained eyes,* wie sie auf dem Eisfeld vis-à-vis vom Cresta Palace ihr schneeweißes Taschentuch direkt vor seine Füße hatte fallen lassen, in gespielter Nachlässigkeit, als wäre es ein Versehen, *you slip out of your depth and out of your mind* – warum hatte er es nicht gewagt, sich danach zu bücken, aus Angst, aus Scham? – *with your fear flowing behind you as you claw the thin ice* – meine Mutter ist Deutsche, hätte er am liebsten geschrien, laß mich aus dem Spiel. Als Achtjähriger war er im nahen Stazersee eingebrochen, und Helene hatte sich nach seinen Anweisungen sofort flach hingelegt und ihn Stück für Stück aus dem eisigen Wasser gezogen; sie hatte ihm das Leben gerettet, zumindest hatten sie das damals beide geglaubt. Später dachte er an Ladina, das klügste Mädchen aus seiner Klasse, einmal hatten sie sich geküßt, er sah ihre spöttischen Augen, die weit auseinanderstanden und sich plötzlich in Helenes Augen verwandelten, die wäßrig und hell waren, fast ohne Wimpern. – Natürlich besaß er kein Mofa. Unten in der Garage stand eine beigegraue, ungefähr dreißig Jahre alte NSU Lambretta, mit der Michele in den Fünfzigerjahren durch halb Italien, Frankreich und Spanien gerattert war; einmal sogar bis nach Athen, wo er mit einem hellgrauen Borsalino vor dem Parthenontempel posierte. NSU Lambretta klang zwar italienisch, war aber eine deutsche Maschine – tatsächlich produzierte das deutsche Unternehmen NSU die italienischen Roller in Lizenz –, und Michele mochte zwar wie fast alle Schweizer (immerhin war er im Land geboren, auch wenn er die Staatsbürgerschaft erst in den Sechzigerjahren erhielt) die Deutschen nicht, hatte ihnen aber – eben deswegen – solidere Fahrzeuge zugetraut als den Italienern. –

Sein Vater verlor nie ein Wort über den Ausbruch, im Gegenteil; er nahm ihn auf sich wie eine gerechtfertigte Strafe, die ihn geradezu zu erleichtern schien. Und Andreas brachte es nicht fertig, sich für etwas zu entschuldigen, das ihm eine, wie er entschied, perverse Lust bereitet hatte, für die er sich noch nicht einmal zu schämen vermochte. »Ich Dummkopf bin in der Badewanne ausgerutscht«, verkündete Michele lächelnd, als Andreas am nächsten Morgen die Küche betrat, es duftete nach frisch aufgebackenen Brötchen, Mutter und Helene tranken hellen Milchkaffee aus großen Tassen, und nach dem Frühstück desinfizierte Mutter Vaters blutverkrustete Beule; noch als die Wunde längst gesäubert war, strich sie mit dem in Merfen getränkten Wattebausch über sein feines dunkelbraunes Haar. Helene sah ihnen zu und strahlte. Nicht bloß ihre Augen, ihr ganzer schwerer unförmiger Körper strahlte, und als hätte sich eine jahrelange Anspannung gelöst, begann sie zu tanzen; ihre nackten Füße wirbelten durch die Küche, bis sie mit erhitztem Gesicht vor Andreas stehenblieb und sich über ihn beugte, um ihn sanft auf die Stirn zu küssen.

Erst Jahre später, als er die ganze Geschichte Merete erzählte, begriff Andreas, wie sehr er sich durch die Komplizenschaft Vaters betrogen gefühlt hatte. Seine Schuld war nicht kleiner geworden, sondern größer. Michele hingegen fühlte sich beschämt. Andreas hatte unrecht, dachte er, nicht aus Bosheit, nicht um ihr weh zu tun, hatte er Almut geheiratet, sondern – nebst anderen Gründen, die im Rückblick kaum noch eine Rolle spielten – weil er feige war; zu feige, um sie zu enttäuschen; zu feige, um ihr weh zu tun.

So saß Andreas den ganzen Sommer über in seinem Zimmer und sah aus dem Fenster auf die Via Maistra; verstört, trotzig und mit dem erhabenen Gefühl, weit über seinen ehemaligen Mitschülern zu stehen, die Bier tranken und nach St. Moritz in die Disco fuhren, wenn sie nicht gerade am Inn saßen und *Blowin' in the wind* sangen und sich für besser und aufrichtiger hielten als ihre Eltern; seine Einsamkeit glich einer durchaus lustvollen Selbstbestrafung, die ihm sein Anderssein nur bestätigte.

Es wurde Herbst, Andreas wurde sechzehn, es wurde Winter, und einmal mehr kursierten Gerüchte im Dorf; man habe Michele in St. Moritz gesehen – mitten am Nachmittag habe er im Café Hanselmann gesessen, in Begleitung eines wesentlich jüngeren Herrn, der einen grellbunten Seidenschal oder ein ebensolches Hemd trug, die Angaben waren widersprüchlich, ein Tänzer wahrscheinlich oder ein Musiker. Jetzt gingen sich alle drei aus dem Weg, Almut, Michele, Andreas, Mutter, Vater und Sohn. Helene wohnte, seit sie – in eben diesem Sommer – zweimal allein in den Schnellzug nach Chur gestiegen war, in Samaden in einer geschützten Werkstätte für Behinderte und kam nur übers Wochenende nach Hause. Wenn alle im Bett lagen, zog Andreas sich warm an, packte Skischuhe und Proviant in den neuen blauroten Rucksack, schulterte seine Ski und zog los, mitten in der Nacht. Eine Taschenlampe wies ihm den Weg, am rechten Rand der präparierten Pisten entlang, von Celerina über Marguns nach Corviglia, und bevor um halb neun die erste Seilbahn fuhr, stand er auf dem Piz Nair. Um zehn war er wieder zuhause, frühstückte allein, legte sich ins Bett und schlief, bis er, mitten in der Nacht, erneut aufbrach. Piz Nair, dachte er, der Schwarze Berg, war ein Teil von ihm selbst.

Einzig Andreas' Augen hatten Merete schon damals irritiert, als sie die Fotos zum ersten Mal gesehen hatte: Als seien sie von dem, was sie in kaum sechzehn Jahren gesehen hatten, für alle Zukunft erschöpft, glaubte man in die Augen eines alten Mannes zu blicken.

Merete war die vier Tage bis zu Micheles Beerdigung in Celerina geblieben. Almut bestand darauf, daß sie in ihrem Zimmer schliefen, während sie selbst das Gästezimmer bezog. Das Ehebett war breit genug für Merete und die Kinder; Almut würde sich darin nur verloren fühlen. Tagsüber empfingen sie einen Kondolenzbesucher nach dem anderen, und zwischendurch erledigten sie, was zu erledigen war, viele Telefonate – Merete versuchte noch immer, Andreas zu erreichen – und Vorbereitungen für den kleinen Imbiß, den sie nach der Bestattung in der Chesa Michele servieren wollten. Merete staunte über den Zulauf. Halb Celerina rannte ihnen die Türe ein; nicht nur ältere Nachbarinnen, Trinkkumpane, Hoteliers, Ladenbesitzer und ehemalige Arbeitskollegen; auch Hausfrauen – Ladina, Silvia und Clara und wie sie alle hießen waren mit Andreas zur Schule gegangen – kamen vorbei und sprachen Almut und Merete ihr Beileid aus.

Eines Morgens klingelte es um kurz nach halb sieben. Draußen stand ein junger Mann, ein Junge eher, mit langen blonden Locken, die unter einer verfilzten Wollmütze hervorlugten. Seine Augen wirkten fiebrig; das gelbe Licht über der Haustür akzentuierte seine fahle, höckrige Haut. Er trug einen silbrig glänzenden Trainingsanzug und wippte nervös auf und ab. Merete war schlaftrunken durch den kalten Flur getaumelt. Noch ehe sie wußte, was sie tun sollte, hatte Almut schon die Haustüre geöffnet. Sie warf dem Jungen – er war höchstens neunzehn – einen abschätzigen Blick zu und schob ihn vor sich her in die Küche. »Kaffee« sagte sie; es war keine Frage, sondern eine Feststellung.

»Ich arbeite im Cresta Palace«, sagte der picklige Junge endlich und stürzte den heißen Kaffee so hastig hinunter, daß er sich den Mund verbrannte, was ihn nicht daran hinderte weiterzureden, »und ich habe Michele –« Almut schnitt ihm das Wort ab. »Ich kenne Sie nicht«, sagte sie scharf, »und ich werde Sie auch nicht kennenlernen, denn Sie kommen weder zu seiner Beerdigung noch ein zweites Mal in dieses Haus.« Sie setzte sich und hielt ihm zwei Hunderternoten unter die Nase, die sie aus dem Morgenrock gezaubert hatte. »Ich weiß, daß mein Mann schwul war« – sie sagte schwwuul, als bereite es ihr ein besonderes Vergnügen – »trotzdem haben wir eine glückliche Ehe geführt. Und zwar deshalb, weil wir nie darüber gesprochen haben.« Merete fixierte einen schwarzen runden Fleck auf dem Küchentisch; sie wußte, daß Almut ebensosehr zu ihr gesprochen hatte wie zu dem verdatterten Jungen, der wortlos die beiden Scheine packte und mit einem traurigen Lächeln davontrottete.

Natürlich wußte Merete von den Gerüchten um Michele, doch selbst für Andreas waren es bloße Gerüchte. »Ich weiß es nicht«, sagte er, »ich habe mich lang genug damit herumgequält, Schluß damit, ich weiß es eben nicht.«

Die Bergluft tat den Kindern gut, sie waren früh müde und schliefen morgens länger. Jonathan erholte sich zusehends. Manchmal fragte er nach Andreas, und Merete fragte ihn, ob er seinen Vater vermisse. »Nein«, sagte er, »aber ich frage mich, ob er uns vermißt.« Wenn die Kinder im Bett waren, setzten sich Almut und Merete vor den Fernseher. Später – wenn die Nachrichten vorbei waren – öffnete Almut eine bauchige Chiantiflasche und legte ihre alten Platten auf, die sie kurz nach der Hochzeit 1958 zuunterst in ihrem Kleiderschrank verstaut hatte. Während all der Ehejahre hatten die Schallplatten unberührt in der Schublade gelegen; ab und zu hatte Almut die Hüllen abgestaubt. Es waren alles deutsche Lieder, Sachen, sagte Almut, die eben damals, als ich jung war, modern waren. Sie stellte sich kerzengerade hin, hielt sich die fast leere Chiantiflasche wie ein Mikrophon vor den Mund und sang aus voller Kehle mit: *Ich weiß, es wird einmal ein Wunder geschehn, und dann werden tausend Träume wahr.* Die Chiantiflasche ließ Merete an eine Babuschka denken; als berge ihr

Bauch ein Dutzend weitere Puppen, die immer kleiner wurden, bis zum Schluß ein winziges Figürchen zum Vorschein kam, das glatt und angenehm wie ein Kirschkern in der Hand lag. Almut besaß eine hohe klare Stimme, die weder zu Zarah Leander noch zu Lale Andersen paßte. Lale Andersen sang natürlich Lili Marleen; *aus der Erde Grund hebt mich wie im Traume dein verliebter Mund.* An dieser Stelle verzog sich Almuts Gesicht zu einem schiefen, idiotischen Lächeln, das einst vielleicht verführerisch gewesen war, und Merete spürte, wie sich eine Art Übelkeit in ihr ausbreitete, eine Welle des Abscheus. Sobald sie genügend getrunken hatte – so viel, daß sie sich nicht mehr vor sich selber ekelte –, stellte Merete sich neben sie, und sie sangen im Duett. Es waren genau drei Abende, die Almut und Merete so verbrachten. Doch erst am dritten Abend – dem Vorabend von Micheles Beerdigung – kam es soweit, daß sie sich weinend und betrunken in den Armen lagen und *adieu, mein kleiner Gardeoffizier, adieu, adieu, und vergiß mich nicht und vergiß mich nicht* sangen, als seien sie beide verwitwet und betrauerten gemeinsam den Verlust ihrer Männer, bis Merete sich jäh daran erinnerte, daß die Dinge in ihrem Fall anders und komplizierter lagen: Andreas war nicht nur nicht tot; sie selbst hatte ihm ein Flugticket gekauft und ihn nach Durban geschickt.

Sie konnten beide nicht schlafen in dieser Nacht. Merete sah Almut durch die halboffene Tür am Wohnzimmerfenster stehen. Sie trug einen fleischfarbenen Schlüpfer, der bis über den Bauchnabel reichte, und hielt in jeder Hand eine helle schrumplige Brust. Draußen fiel der erste

Schnee. Der erste Schnee, dachte Almut, ein zarter Flaum, der alles zudeckte, selbst der Mülltonne im Garten verlieh er ein glitzerndes Häubchen. Nur die asphaltierte Straße blieb schwarz, und sie dachte an jene Nacht im Februar 1958, wo der Schnee auch die Straßen zugedeckt und Michele ihren Verstand gerettet hatte.

Im Februar 56 fährt Almut Langer mit der Familie Weber zum ersten Mal nach Celerina in die Winterferien. Vier Tage nachdem Michele Lazzaroni sie im Cresta Palace fotografiert hat, reisen Webers samt Kindermädchen wieder nach Hause, und im Juni fährt Michele mit dem Zug nach Sevilla. Im nächsten Winter kommen sie wieder. Frau Dr. Weber ist hochschwanger mit dem dritten Kind, und Almut ist so beschäftigt mit den beiden Buben, daß sie Michele kaum wahrnimmt, und vielleicht ist ihr die Geschichte mit dem Foto auch peinlich. Sie ist froh, daß ihre Stelle für die nächsten paar Jahre gesichert scheint, Roland und Hansjörg sind immerhin schon acht und neun, und besonders gut kommt sie nicht mit ihnen zurecht. Zuhause weigern sie sich hartnäckig, ihre Schulaufgaben zu machen, und wenn Almut sie halbherzig ermahnt, lachen die beiden sie aus, weil sie nicht richtig Schweizerdeutsch kann. Sie freut sich auf das Baby wie auf ein eigenes Kind.

Im dritten Winter reisten sie zu sechst nach Celerina. Almut bekam wie immer ein kleines Zimmer im vierten Stock zur Nordseite hin, das sie mit der knapp einjährigen Elisabeth teilte. Manche Hotelgäste hielten das munter plappernde Kind, das stets auf ihrem Schoß saß, für ihre eigene Tochter, was Almut befremdete, da sie die Möglichkeit einer eigenen Familie in Gedanken weit von sich geschoben hatte. Margarethe, ihre Schwester, hatte in Waldshut einen jungen Ingenieur aus der Nachbarschaft geheiratet. Kurz nach der Hochzeit war das junge Paar nach Australien ausgewandert.

An ihre kleine Schwester dachte sie kaum noch, sie hatte sie ja kaum sechs Monate lang gekannt; nur wenn Frau Dr. Weber nach dem Frühstück ihrer Kleinen zum Abschied winkte und sie beim Namen nannte, Elisabeth, bevor sie die Skier schulterte und mit ihrem Mann und Roland und Hansjörg im Schlepptau im dichten Schneetreiben oder in der leuchtenden Engadiner Sonne verschwand, glaubte sie, ein böses kleines Echo zu hören aus einem früheren, fast schon vergessenen Leben.

Am zwölften Februar 58 hatte es den ganzen Tag über geschneit, und Almut war mit Elisabeth im Hotel geblieben. Elisabeth war ein bißchen erkältet, und über Mittag hatten sie beide ausgiebig geschlafen. Deshalb konnte sie jetzt wohl nicht einschlafen. Es war weit nach Mitternacht. Almut hatte das Fenster geöffnet und betrachtete gedankenverloren den glitzernden luftigen Pulverschnee draußen, wie er sich im Licht der Straßenlaternen zu beiden Seiten der Straße auftürmte. Die Luft war schneidend kalt, und sie wollte gerade das Fenster schließen, als ein dunkler Kastenwagen in die kurze Auffahrt zum Haupteingang des Hotels einbog. Der Wagen fuhr beinahe lautlos, der Schnee schluckte alle Geräusche. Mitten auf dem Weg hielt der Wagen an. Ein kräftiger, großgewachsener Mann stieg aus, öffnete den Kofferraum und nahm einige verschnürte Bündel heraus, die er in hohem Bogen unter die Lärchen und Tannen warf, die die Hotelauffahrt säumten. Was mochte da drin sein, überlegte Almut, in diesen verschnürten Säcken, und plötzlich sah sie, daß es Puppen waren. Auf der Straße und unter den Bäumen lagen überall kindsgroße Puppen, und der Mann – er mußte sich umgezogen haben – trug eine Uniform. Jetzt hatte er sie erblickt. Er öffnete den Mund, und sie hörte ihn rufen, sie solle eine Decke aus dem Lastwagen nehmen und die Puppen einsammeln. Sie hatte verstanden. Aber was sollte sie mit Elisabeth tun? Sie konnte sie unmöglich alleine im Zimmer lassen. Vorsichtig nahm sie die Kleine aus dem Kinderbett. Sie wickelte das Kind in die Bettdecke ein und schloß die Zimmertür hinter sich zu. Im Flur war es dunkel. Langsam ging sie die breiten Treppen zum Hoteleingang hinunter. Der Läufer lag an einigen Stellen lose auf dem Stein, und sie mußte aufpassen, daß sie nicht ausrutschte und hinfiel.

Michele saß hinter der Theke an der Rezeption und zeichnete. Er versuchte einmal mehr, Alejandros Gesicht zu zeichnen, aber es wollte ihm nicht recht gelingen. Trotzdem sieht er Almut schon von weitem. Im ersten Moment hat er sie nicht erkannt, aber er besitzt einen zuverlässigen Instinkt für Verrückte. Es gibt schließlich immer wieder Verrückte hier, es ist gewissermaßen das Privileg der Leute, die es sich leisten können, hier abzusteigen, alle möglichen Verrücktheiten zu kultivieren, auch wenn das Cresta nicht halb so vornehm ist wie das Palace in St. Moritz oder das Suvretta House in Salastrains. Michele steht auf und geht langsam auf Almut zu. Vielleicht ist das Kind krank, denkt er, doch bevor er sie fragen kann, spricht sie ihn an. Er hat sich nicht getäuscht, etwas paßt nicht zusammen, ihre Stimme klingt, als käme sie von weit her, sie ist ängstlich und hell wie die Stimme des zwölf- oder dreizehnjährigen Mädchens, das die erwachsene Frau einst gewesen sein muß. »Können Sie für einen Moment auf sie aufpassen?« sagt Almut und hält ihm das schlafende Kind entgegen, »ich komme gleich wieder, ich muß nur kurz raus.« »Vielleicht sollte ich besser auf Sie aufpassen«, sagt Michele und versucht einen kleinen Scherz, »oder verraten Sie mir, was Sie bei dieser Kälte da draußen vorhaben mitten in der Nacht und im Nachthemd, vielleicht ein romantisches Rendezvous?«

Die kleine Elisabeth wäre auf den Steinboden gefallen, wenn Michele nicht geistesgegenwärtig die Arme ausgebreitet und das Kind aufgefangen hätte. Almut entwischt ihm und stürzt nach draußen. Der Wagen ist weg. Der Mann in Uniform ist verschwunden. Der Wagen ist weg, aber die Puppen sind noch da. »Bitte helfen Sie mir, die Kinder von der Straße wegzubringen«, flüstert sie Michele, der ihr gefolgt ist, ins Ohr, »wir brauchen Decken, und wenn der Führer kommt, müssen sie weg sein, er darf sie nicht sehen, das ist ein Befehl.«

Michele hatte Almut links und rechts geohrfeigt.

Sie hatte sich bald wieder beruhigt. Sie hatte irgendwelche Gespenster gesehen, entschied Michele, oder einfach nur schlecht geträumt, und er sorgte dafür, daß niemand etwas von dem Zwischenfall erfuhr.

Die kleine Elisabeth war nicht unter den erfrorenen Kindern gewesen, die sie an den Straßenrändern aufgelesen hatten wie Abfälle. Am 22. Januar 45 waren Frauen und Kinder offiziell aus Breslau evakuiert worden. Es war fast zwanzig Grad unter null, als sich Zehntausende auf den Weg nach Westen machten, und die Säuglinge waren fast alle innerhalb weniger Stunden erfroren. Margarethe und Almut hatten zusammen mit älteren BDM-Mädchen auf Befehl der Offiziere die toten Babykörper eingesammelt und sie in Decken gehüllt. Von weitem sahen die bleichen, starren Gesichter wie Puppengesichter aus. Obwohl auch sie die Stadt hätten verlassen müssen, hatte ihre Mutter sich geweigert, im kältesten Winter seit Menschengedenken die Flucht anzutreten und ihre drei Kinder diesem Wahnsinnigen und seinem Adlaten, dem Gauleiter Niederschlesiens, Karl Hanke, zu opfern. Zuhause in der Familie nannten sie ihn nur den Henker, aber nach außen hin ließ man sich ja nichts anmerken, ein falscher Satz und man kam ins Kazett. Was hatten sie alle für eine Angst ausgestanden, als ihr alter Vater, der außerhalb der Stadt einen kleinen Bauernhof bewirtschaftete, einer achtzehnjährigen Erntehelferin aus einer bekannten Nazifamilie solche verbotenen Dinge gesagt hatte. »Ihr Vater ist doch Professor. Also ist er wohl ein kluger Mensch. Wie kann aber ein kluger Mensch an Hitler glauben?« Sie waren irgendwie noch einmal davongekommen, Gott allein wußte, warum. Man wußte sowieso nicht, ob man noch an ihn glauben durfte, wenn man nur schon an die Juden dachte, die das ja sicher auch nicht verdient hatten. Man mußte das alles über sich ergehen lassen und warten, bis es an einem abglitt wie ein Kübel voll Mist, den einem die Weltgeschichte über den Kopf geleert hatte; und nur manchmal, wenn man verstohlen die Augen öffnete, sah man plötzlich einen winzigen Spielraum persönlicher Freiheit, und so waren sie zunächst in Breslau geblieben, und Elisabeth war erst ein paar Wochen später gestorben, wahrscheinlich an Hungertyphus.

Hier in diesem heimatfernen Tal werde ich sprechen können, schrieb Almut im Sommer 1958, kurz nach der Hochzeit, in ihr Tagebuch, weil kein Mensch hier mich verstehen wird.

Ihre Schrift wirkte überraschend kindlich, die Buchstaben klein und rund, gekringelt wie ein Wollfaden. Graphologen würden wahrscheinlich auf eine harmoniebedürftige, vergangenheitsorientierte Person tippen, und vielleicht hätten sie recht, auch wenn sie Andreas immer stark vorgekommen war, entsetzlich stark und mit einer unerschütterlichen Hingabe an das, was sie ihr Schicksal nannte.

Was willst du damit, hatte Merete feindselig gesagt, als Andreas ihr am Anfang dieses Sommers verlegen die vier Tagebücher gezeigt hatte, die vom Februar 46 bis zum November 65 reichten, kurz bevor Almut Helene und ihn zur Welt gebracht hatte. Schon als Kind hat sie dich mit ihrer Geschichte gequält, sagte Merete, erinnerst du dich, als

Vierjähriger hast du dir vorgestellt, wie es ist, vergewaltigt zu werden, oder wie es ist, zu erfrieren, und jetzt schmeißt sie dir ihre Tagebücher nach, und du frißt sie, gehorsam wie ein Hündchen, das freudig an einem zu großen Knochen erstickt. »Ich habe sie zuhause auf dem Dachboden gefunden«, hatte er sich und seine Mutter verteidigt, »sie weiß nicht, daß ich sie mitgenommen und gelesen habe. Ich glaube kaum, daß sie sie mir freiwillig überlassen hätte.«

Aber wahrscheinlich stimmte das nicht, dachte er, wahrscheinlich war sie erleichtert, ihre traurigen kleinen Geheimnisse endlich loszuwerden, noch einmal und diesmal für immer, und eine ferne Erinnerung stieg in ihm auf wie Magensäure, seit Jahren hatte er nicht mehr daran gedacht, an die Zeit, als er vierzehn war und seine Mutter eines Nachts in sein Zimmer trat. Es war Anfang Dezember, kurz nach seinem Geburtstag, zu dem ihm nichts eingefallen war, was er sich hätte wünschen können, und überall im Tal und auf den Bergen lag Schnee. Er lag im Bett und hatte Angst vor dem Einschlafen, wer einschlief, wachte irgendwann wieder auf, es sei denn, er starb, doch so einfach starb es sich nicht, wenn man vierzehn war. Nicht daß er wirklich sterben wollte, er wußte nur überhaupt nicht mehr, was er wollte. Das einzige, was er wußte: wenn er morgen früh aufwachen würde, wären seine lächerlich dünnen Beine schon wieder gewachsen. Seit diesem Sommer war er größer als seine Mutter, größer als Helene war er immer gewesen, und seit kurzem überragte er auch noch den Vater, und er dachte, daß von nun an er es war, der sie alle vor Unglücken beschützen und sie trösten mußte, wenn dennoch eines geschah. Auf dem Teppich lagen die Kisten mit den bunten Holzklötzen, daneben die Matchboxautos, weiße Krankenwagen, Feuerwehr- und Polizeiautos, Traktoren mit Anhängern, Kipplader und Ferraris, mit denen er längst nicht mehr spielte. Doch das war noch nicht alles, jeden Morgen hatte sich auch der Abstand zwischen seinen Augen und dem hellgrauen Spannteppich vergrößert, auf dem er stand mit seinen bleichen Füßen, und dort unten lag seine ganze Kindheit wie ein Tableau, auf das er hinabsah, haßerfüllt und verloren, wie er auf der letzten Schulreise auf die Häuser und Landschaften der Suisse Miniature in Melide hinabgesehen hatte. Da lag das ganze verkleinerte Land, so klein und niedrig, daß man es in einer halben Stunde und in Turnschuhen durchqueren und überschauen konnte, das Engadin und die Alpen ein Witz, und er dachte, dies ist das Original und das große Land eine aufgeblasene Kopie, und fühlte sich verraten, ohne daß er hätte sagen können, wer oder was ihn verraten hatte und weshalb.

Schon als Zehnjähriger war sich Andreas – noch ohne das Wort zu kennen – anachronistisch vorgekommen in einem Land wie der Schweiz, das beharrlich an seiner Erfolgsgeschichte weiterbaute, die Bruchstellen von 1939 und 1945 miteinander vernähte, ohne daß eine Naht sichtbar geworden wäre; ein Land, das nichts verloren hatte, noch nicht mal die Fähigkeit zu trauern, weil es gar nichts zu trauern gab.

»Hast du nicht gerufen«, hörte er die Stimme seiner Mutter, »ich dachte, ich hätte dich rufen gehört, hab ich dich geweckt, das tut mir leid«, und dann stand sie vor ihm, vollkommen nackt im Licht der Straßenlaterne. Er konnte sich nicht erinnern, wann er sie zuletzt nackt gesehen hatte. Es machte ihn nervös, zum ersten Mal sah er, daß sie auf merkwürdige Weise schön war, im Gesicht war sie siebenundvierzig, und darunter sah sie aus wie die Mädchen aus seiner Klasse, fest und straff, als habe man sie vor langer Zeit in zwei Teile geschnitten, ihr Gesicht hatte das Altern auf sich genommen, und ihr Körper war stehengeblieben; aber sie schien sich ihrer mädchenhaften Schönheit zu schämen, meistens hatte sie formlose braune oder beige Hosen und einen selbstgestrickten Pullover an, und darüber trug sie eine Schürze, die mit Kochrezepten bedruckt war. Sie hatte drei oder vier davon, und manchmal hatte er sich vorgestellt, wie sie sich vornüberbeugte, um die Rezepte zu entziffern, die auf dem Kopf standen, denn genau so kochte sie. Immer war irgend etwas verkehrt, wenn sie die Bündner Spezialitäten zubereitete, die auf den Schürzen abgebildet waren, Pizokel und Gerstensuppe waren entweder fad oder versalzen, die Capuns verkocht oder noch nicht gar. »Ich habe bestimmt nicht gerufen«, sagte er verwirrt. »Vielleicht hast du im Traum geschrien«, sagte sie plötzlich vorwurfsvoll, »als Kind hast du oft schlecht geträumt und bist zu uns ins Bett gekrochen, erinnerst du dich«, und ihre dunklen Brustwarzen starrten ihn an, als könnten sie durch seine Haut und seine Knochen hindurch direkt in sein Hirn sehen.

Hau ab, wollte er sagen, laß mich in Ruhe, und sie setzte sich auf sein Bett.

»Margarethe ist gestorben«, sagte sie, »meine schöne große Schwester ist tot. Weißt du, daß ich sie gehaßt habe, immer war ich neidisch auf sie, eifersüchtig, weil sie so schön und entschlossen war, das Leben zu genießen, und jetzt ist sie tot, sie war schon lange krank, und ich wußte es nicht. Achim hat vorhin aus Brisbane angerufen, und stell dir vor, sie will in Breslau begraben werden, aber ohne mich, da fahr ich nicht hin, niemals«, und sie begann zu weinen, und Andreas fuhr mit seiner Hand ihren glatten weichen Rücken auf und ab, der sich anfühlte wie Brotteig, den man kneten mußte – darauf bestand seine Mutter, wenn er ihr als Kind beim Backen geholfen hatte –, bis er so zart und glatt war wie der Po eines Babys.

Sarah und Dominik hatten sich im Sommer 92 im Nachtzug nach Paris kennengelernt – Dominik fuhr zwei Wochen später doch noch hin, allein –, es war keine Liebe auf den ersten Blick gewesen. »Nicht wie bei dir und Merete«, pflegte Dominik zu scherzen, »das ist bei meiner Visage auch gar nicht möglich.« Noch während Merete ins Tal hinunterstieg, um Hilfe zu holen, war Sarah erfroren; in einer Tiefe von ungefähr zwanzig Metern eingeklemmt zwischen den Eiswänden einer Gletscherspalte, konnte sie sich weder vorwärts noch rückwärts bewegen. Als die Rettungssanitäter aus dem Hubschrauber sprangen, saß Andreas auf seinem Rucksack und konnte den Blick nicht von Sarahs Haaren lösen, die sie leuchtend hennarot gefärbt hatte, was, wie sie erklärt hatte, viel besser zu ihrem Temperament und ihrer Fröhlichkeit paßte als das fahle Asch-blond, das die Natur ihr zugedacht hatte. Das war im August 93 gewesen, und kaum vierundzwanzig Stunden später, Dominik war unterwegs nach Rostock, wo Sarah beerdigt werden würde, war Andreas mit seiner ganzen Habe in Meretes WG-Zimmer in der Müllerstraße im Kreis 4 gezogen. Merete, selbst noch unter Schock, hatte auf seine scheue Anfrage nur müde genickt. Die Wohnung lag direkt unter dem Dach. Andreas schleppte die Kisten hoch; Karin und Nicole, Meretes Mitbewohnerinnen, die ebenfalls Kunstgeschichte und Germanistik studierten, halfen ihm, die Kleider und Bücher in die Schränke und Regale zu räumen, die schmale Matratze schoben sie unter Meretes Bett. Merete stand stumm am geschlossenen Kipp-fenster und rauchte eine Zigarette nach der anderen; acht-los ließ sie die Asche und die Zigarettenstummel auf den graubraun gesprenkelten Linoleumboden fallen. Es schüt-tete wie aus Kübeln, ein kurzes, heftiges Sommergewitter, und Merete versuchte vergeblich, die Dachziegel des gegen-überliegenden Hauses zu zählen, die hinter den strömen-den Wassermassen verschwammen, die sich bald vereinig-ten, bald wieder trennten. Von Zeit zu Zeit erhellte ein scharfer Blitz den Himmel, gefolgt von einem gewaltigen Donnerschlag. »So fängt es also an«, sagte sie endlich, »mit einem tödlichen Unfall. Alles Entscheidende in meinem Leben fängt an mit einem Toten, mit einer Toten, genauer gesagt, vielleicht sollte ich doch eine Psychoanalyse ma-chen.« »Merete, Liebste«, sagte Andreas, »erstens sind wir schon ein ganzes Jahr zusammen, und zweitens ist es nur vorübergehend. Natürlich suche ich mir so schnell wie möglich eine eigene Wohnung.« Unwillig schüttelte Merete den Kopf. »Man muß dem Zufall in die Augen sehen«, sagte sie, »warum sollte das, was wir in der Germanistik lernen, nur für die Literatur gelten? Man muß den Zufall als Figur des Gedächtnisses begreifen. Sonst überrascht er dich eines Tages von hinten und bringt dich zu Fall.«

Sie blieb dabei, der Unfall hatte sie erst wirklich zum Paar gemacht. Bald darauf hatten sie eine bezahlbare Genossenschaftswohnung in Zürich Wollishofen gefunden – Merete studierte noch, und Andreas zahlte vom nicht eben üppigen Lohn, den er als Assistenzarzt an der Uniklinik verdiente, das Studiendarlehen zurück –, und im April 1997, als Jonathan ein paar Monate alt war, zogen sie nochmals um, in eine helle Vierzimmerwohnung im oberen Stock eines älteren Zweifamilienhauses am nördlichen Stadtrand von Zürich, umgeben von einem verwilderten, abschüssigen Garten. Am 5. Juni 1998 hatten sie in Dongio im Valle di Blenio geheiratet; Meretes Eltern besaßen ein Ferienhaus in der Gegend.

Nach einem lähmend ruhigen Nachtdienst auf der Gebärabteilung war Andreas wie üblich morgens um sieben nach Hause gekommen. Er hatte die halbe Nacht in einem Buch über den Stierkampf gelesen, das Merete ihm geschenkt hatte. Das Buch hatte eine schottische Schriftstellerin geschrieben, sie hieß A. L. Kennedy. Er liebte den behutsamen Übergang von der Nacht in den Tag, wenn in den Häusern der Stadt ein Licht nach dem andern anging, während in der eigenen Wohnung alle noch schliefen. Er ging direkt ins Arbeitszimmer, zündete eine Zigarette an, setzte sich an den Schreibtisch und startete den violetten iMac. Ohne daß er ihr Hereinkommen bemerkt hatte, stand plötzlich Merete hinter ihm. Sie trug den schlafenden Severin auf dem Arm – wie ein Schutzschild, dachte Andreas – und blickte auf den Bildschirm, wo die ersten zehn von hundertzweiundzwanzig Suchergebnissen für *»Alison Louise Kennedy writer 1965 biography«* zu sehen waren. Die meisten Einträge waren unbrauchbar. Andreas hatte zu viele Begriffe eingegeben, die die Suche zu seinem Erstaunen nicht genauer bestimmten, sondern sie ins Ungefähre erweiterten. Das exakte Geburtsdatum der Autorin, nach dem er mit einer reflexhaften Neugier gesucht hatte, die ihm selbst vorauszueilen schien, war nirgends zu finden. Merete legte eine Hand auf seine linke Schulter und sagte in einem Tonfall, der gleichzeitig aggressiv war und voll verzweifelter Hoffnung: »Na, gefällt sie dir, glaubst du, du könntest dich in sie verlieben?«

Andreas lachte. »Quatsch«, sagte er und schüttelte den Kopf, »ich hatte bloß die läppische Idee, wir könnten am gleichen Tag zur Welt gekommen sein.«

Merete nickte. Sie kannte seine Obsession für Zahlen und Daten, die er wohl von seinem Vater übernommen hatte, sie sah seine nackte Kopfhaut, wie sie rosig schimmerte unter den kurzgeschnittenen schwarzen Haaren, die sich schon lichteten, und sagte: »Eines Tages geschieht es ja doch. Es wäre mir lieber gewesen, wir hätten es schon hinter uns. Außerdem ist es einfacher, wenn es einen Grund gibt.«

Merete löste die Hand von seiner Schulter und legte Severin auf das Bett, das seit kurzem im Arbeitszimmer stand. Wenn Andreas nachts für die Kinder verantwortlich war, schrieb sie, bis ihr die Augen zufielen, und meistens schlief sie dann hier.

»Einen Grund wofür?« fragte Andreas. Er fühlte sich plötzlich müde, weniger von der durchwachten Nacht als von dem, was kommen würde. Er legte den Kopf zur Seite und dachte an den dreizehnjährigen hochbegabten Jungen damals in der Jugendpsychiatrie, der Tag und Nacht fürchtete, Atlas vermöge das Gewicht der Welt nicht mehr zu tragen. Der Junge hieß Marek und hatte ein weiches, herzförmiges Gesicht.

»An jenem Abend, als du geboren wurdest«, sagte Merete, »am vierundzwanzigsten November fünfundsechzig, versuchte Paul Celan in Paris seine Frau Gisèle, die er sehr liebte, mit einem Messer zu töten. Mitten in der Nacht flüchtete Gisèle mit dem gemeinsamen Sohn Eric zu Nachbarn. Eric war zehn Jahre alt. Am nächsten Morgen flog Paul Celan nach London zu Freunden.«

»Woher weißt du das?«

»Aus dem Briefwechsel der beiden, der kürzlich erschienen ist. Er enthält einige der schönsten und traurigsten Liebesbriefe, die ich je gelesen habe. Gisèle Lestrange war Künstlerin, Grafikerin, und Celan hat ihr verboten, für ihre Arbeit Farben zu benutzen, weil er keine Farben ertragen hat. Solange sie zusammenlebten, hat sie sich daran gehalten. Und weißt du, was das schlimmste ist?«

»Nein.«

»Er hatte recht. Ihre farbigen Grafiken sind unerträglich. Sie sind kitschig und unerträglich.«

»Warum erzählst du mir das alles«, fragte Andreas, »willst du, daß ich dir drohe?«

Merete schüttelte den Kopf.

»Was willst du also?«

Andreas stand auf und öffnete das Fenster. Er warf die Kippe hinaus in den Garten und wandte sich Merete zu. Sie hatte nur ein enganliegendes weißes Unterhemd an. Sie hatte ein paar graue Haare bekommen, und ihre Brüste waren durch die beiden Schwangerschaften und Stillzeiten schlaffer geworden. Trotzdem war sie in den neun Jahren ihres gemeinsamen Lebens nie schöner gewesen als in letzter Zeit. Sie war schmaler geworden. Sie wirkte fragiler als früher und gleichzeitig kraftvoller, als hätte sie Ballast abgeworfen, dachte er, um an Kontur zu gewinnen. Ihre Gesichtszüge waren von einer fast durchsichtigen Klarheit, und unter jedem Quadratzentimeter ihrer Haut schienen ständig kleine Leuchtkörper zu explodieren. Er hatte ihre Verwandlung mit leiser Verwunderung konstatiert, ohne sich allzu viele Gedanken darüber zu machen.

»Kannst du den kleinen Tyrannen da nicht in sein eigenes Bett legen?« fragte er, »wir haben schon so lange nicht mehr Liebe gemacht.«

»Was glaubst du«, sagte Merete statt dessen, »fickt man, um sich zu betäuben oder um sich lebendig zu fühlen?«

»Beides, nehme ich an«, sagte er irritiert, »ich zumindest fühle mich dabei meistens sehr lebendig.«

»Ich kann nicht mehr essen«, sagte Merete, »und ich kann kaum mehr schlafen, von der Arbeit schon gar nicht zu reden. Es ist traurig und unerträglich. Ich habe mich in jemanden verliebt. Ich weiß noch nicht mal, ob verlieben das richtige Wort ist. Ich sehe in seine Augen und fühle mich verloren. Er ist nicht halb so schön wie du, und außerdem ist er verheiratet. Nach allen objektiven Kriterien bist du ihm überlegen. Er ist eigentlich Schriftsteller, aber er schreibt schon seit Jahren nicht mehr. Und dabei ist er noch nicht einmal unglücklich. Er arbeitet in einem Behindertenheim. Wir haben uns bei einem Jazzkonzert in der Roten Fabrik kennengelernt. Er ist fünfundfünfzig und hat drei halb erwachsene Töchter. Wir schlafen nicht miteinander, obwohl ich es möchte. Ich möchte es so sehr, daß mir schlecht wird, wenn ich nur schon daran denke. Ich möchte mir jede Blöße vor ihm geben. Aber er will es nicht. Er sagt, er habe es in seinem ganzen Leben niemandem je erlaubt, seine Sehnsucht nach Absolutheit auf ihn zu übertragen. Seine Weigerung demütigt mich, aber im Grunde ist es mir vollkommen egal. Im Gegenteil, es macht mich sogar glücklich, daß er mich so sieht, es gefällt mir, mich vor ihm zu erniedrigen wie eine läufige Hündin.«

»Wie lange schon«, hörte Andreas sich fragen, »und wie heißt er?«

»Was spielt das schon für eine Rolle? Wir kennen uns seit genau hundertdreiundzwanzig Tagen. Er heißt Peter. Peter Schmied.«

Sie hatte die Tage gezählt, die Stunden womöglich, hundertdreiundzwanzig Mal vierundzwanzig Stunden. Hundertdreiundzwanzig Tage, das waren beinahe vier Monate. Das hieß, sie hatten sich Mitte, Ende Mai kennengelernt, kurz vor Meretes und Andreas' drittem Hochzeitstag.

Andreas riß das Fenster auf und sah hinaus. Da draußen lag downtown Switzerland, in die letzten Ausläufer jener Träume versunken, dachte er, die als dunkle Wunscherfüllung begannen und an jenem Punkt, wo man besser aufwachen sollte, in Albträume kippten, die einem höhnend und böse den Wunsch hinter dem Wunsch vor Augen führten – den Wunsch, alles kaputtzumachen, weil es das einzige war, was übrigblieb.

Gegen Ende der Neunzigerjahre hatten sich die Zürcher Politiker und die Exponenten der Wirtschaft in gegenseitiger Abhängigkeit innig berechnend umarmt, und die daraus hervorgegangenen Wohn- und Arbeitsplätze im Westend der Stadt waren so begehrt, daß sie sich wie automatisch klonten. Worauf sämtliche Zürcher, dachte er, dem Erfolg aus der Hand fraßen, bis sie sich in ihren glasklaren Lofts alle verblüffend ähnlich sahen und einmütig die Partei Irony, SPI and Fun wählten. Das war vor dem elften September gewesen. Jetzt – unmittelbar danach – wurde in allen Feuilletons das Ende der Spaßgesellschaft verkündet, aber das würde vorübergehen, wie alles vorüberging, selbstverständlich, leise und unsichtbar.

»Er ist übrigens ein Aficionado«, sagte Merete, »er hat lange Zeit in Spanien gelebt, und sein bester Freund ist einer der berühmtesten ehemaligen Matadore.«

»Wie Michele«, sagte Andreas betäubt. Er war froh, daß er sich an etwas festhalten konnte. »Zwar ist er seit den Sechzigerjahren nie mehr nach Spanien gereist«, sagte er, »und ich habe noch immer nicht nachgefragt, was mit diesem Alejandro war, manchmal erzählt er von ihm, aber nur, wenn er getrunken hat. Und manchmal sieht er sich auf tve einen Stierkampf an.«

»Ich nehme an, er hat ihn geliebt«, sagte Merete.

»Hast du ihn gefragt?«

»Nein. Aber das ist auch nicht nötig.«

»Deswegen hast du mir dieses Buch über den Stierkampf geschenkt«, sagte Andreas.

»Ja, genau deswegen«, sagte sie, »vielleicht, weil ich etwas von meiner Liebe zu ihm mit dir teilen wollte. Aber das war wirklich taktlos von mir. Es tut mir leid. Gib mir das Buch zurück. Ich werfe es weg.«

»Nein. Ich möchte es zu Ende lesen.«

An einem milden Sonntagnachmittag, versuchte Andreas zu rekonstruieren, was er in der Nacht zuvor gelesen hatte, wollte Alison Louise Kennedy aus einem Fenster ihrer ersten eigenen Wohnung springen, weil sie seit Monaten nicht mehr schreiben konnte und die Angst, nie mehr schreiben zu können, von Tag zu Tag unerträglicher wurde.

»Und was willst du jetzt tun?« sagte er, »vielleicht solltet ihr eine Woche zusammen wegfahren. Dieser Peter und du.«

»Und dann?«

»Dann kommst du wieder zurück.«

»Aber ich will doch gar nicht weg.«

»Weißt du, was mich am meisten kränkt? Daß ich die ganze Zeit über nichts gemerkt habe.«

»Du hast mich mindestens dreimal gefragt«, sagte Merete, »ob ich verliebt sei, aber so beiläufig, daß ich dir nie antworten mußte.«

Dann war Severin aufgewacht. Merete hatte ihm etwas ins Ohr geflüstert, das Andreas nicht verstand, und sie hatte laut gesagt: »Ich mache uns was zum Frühstück, ich glaube, er hat Hunger. Jonathan wird auch bald aufwachen.«

Das war am 15. September gewesen, knapp zwei Wochen vor dem Unfall. Am siebenundzwanzigsten hatte Jonathan seinen fünften Geburtstag, und sie hatten ihm ein senfgelbes Fahrrad mit Stützrädern geschenkt. Von Meretes Eltern hatte Jonathan wie jedes Jahr tausendfünfhundert Franken fürs Ausbildungskonto bekommen, und Andreas' Eltern hatten ihm eine riesengroße Schachtel mit vielen bunten Legosteinen geschenkt. Damit konnte man ein freistehendes Einfamilienhaus bauen, das zwei Toiletten und eine Badewanne hatte und vier kleine, weiße Betten, eine grasgrüne Gartenplatte und zwei Garagen, aber kein Dach.

»In dieses Haus ziehen wir um«, sagte Jonathan, als sie es im Kinderzimmer aufgebaut hatten, »das habt ihr uns versprochen.«

Daß die Schriftstellerin, die sich für die deutsche Buchausgabe mit vor Schalk und Lebensfreude leuchtendem Gesicht fotografieren ließ, nicht aus dem Fenster gesprungen war und also später darüber schreiben konnte, hatte sie einem schlechten Straßensänger zu verdanken, der sein miserables, verkitschtes Hochzeitslied in eben jenem Moment anstimmte, als A. L. Kennedy barfuß auf dem Fenstersims stand und die Augen schloß, um sich hinabfallen zu lassen.

»Wenn du mich eines Tages verläßt oder vor mir stirbst«, hatte Merete am dritten Hochzeitstag noch halb scherzhaft gesagt, »dann werde ich traurig sein und verzweifelt, aber ein klein wenig auch erleichtert, so elf, zwölf, dreizehn Prozent.«

Merete und Andreas waren in den Jura gefahren. Martha und Alex hatten sich anerboten, die Kinder zu hüten. Der Landgasthof lag abseits, in einer verwunschenen hügeligen Landschaft, wo man sich leicht verirrte. Sie hatten einen langen Spaziergang unternommen und früh zu Abend gegessen – die Betreiber des Gasthofs schienen Mitglieder einer christlichen Sekte zu sein, überall lagen entsprechende Prospekte aus. Sie waren im Morgengrauen erwacht und hörten die ersten Vögel pfeifen. Sie lagen im Bett und hielten einander an den Händen, als Andreas das Thema aufbrachte. »Was ist, wenn ich eines Tages sterbe«, sagte er, und sie sprachen über das Gefühl der Erleichterung, das sich einstellen könnte, als handle es sich um abstrakte Überlegungen, worin genau die Erleichterung bestünde: daß man, was man am meisten fürchtete, den Tod oder den Verlust des Geliebten, überlebt hatte; daß man ganz einfach Verpflichtungen und Verantwortungen los war, die eine Ehe erforderte, oder daß man endlich die ganzen Erinnerungen, sagte Merete, abschließend ordnen und in ihrem Ablauf verstehen konnte, so daß die gemeinsame Geschichte im Rückblick an Kraft und an Schönheit gewann, eben weil sie abgeschlossen war und unwiederbringlich vergangen.

5

Merete liegt neben ihm auf dem Rücken, so nah, daß er nur seine Hand auszustrecken bräuchte, um sie zu berühren.

Neun Jahre lang hat er tatsächlich geglaubt, sie könne nichts vor ihm verbergen. Wahrscheinlich liegt es an ihren großen hervortretenden Augen, die manchmal fast aus dem Gesicht zu springen scheinen, an der hellen Haut, die sich bei jeder Gefühlsaufwallung rötet, und er denkt wie von weit her, als bewohnte ihr Körper jetzt, wo sie schläft, einen eigenen Kontinent, an ihren Schamhügel, der mädchenhaft glatt und verborgen unter dem Futterstoff ihres Kleids liegt.

Er hatte das orangerote Sommerkleid hochgeschoben und den ausgeleierten Baumwollslip von den Hüftknochen über die langen geraden Beine und die schwieligen Füße gleiten lassen, vor wenigen Stunden erst und mitten in ihrem Frage-und-Antwort-Spiel. Nie trug sie etwas anderes als diese ausgeleierten weißen Baumwollslips, die sie im Fünferpack beim Großverteiler kaufte.

»Dürfte ich Ihre Scham rasieren«, hatte er sie gefragt. »Ich bitte Sie darum«, hatte Merete geflüstert, und ihre Stimme war rauh vor Verlangen gewesen. Zuerst hatte er die gekringelten schwarzen Haare, so gut es ging, mit der

Nagelschere gekürzt und dann den struppigen Rest eingeschäumt. Er hatte ihre Schenkel geöffnet und ihre Scham rasiert, behutsam und zitternd, bis ihr Geschlecht wie neugeboren vor ihm lag. Gerötet, samtig und glänzend. Und jetzt, dachte er und beugte sich müde über ihren Schoß. Er begann sie zu küssen und zu lecken, das war es doch, was sie wollte, und in plötzlicher Wut hatte er das idiotische Kleidchen am Saum gepackt und es über das feuchte, sperrige Fleisch ihrer Hüften und Oberschenkel gezerrt. Und sie hatte es einfach geschehen lassen, als sei sie eine hübsche kleine Barbiepuppe, die man nach Belieben auszog und danach wieder warm anzog, damit sie nicht fror.

Bald werden die ersten Stoppeln die glatte Oberfläche durchstoßen. Haare und Nägel, genährt von den primitivsten Zellen des menschlichen Körpers, wuchsen noch einige Stunden über den Tod hinaus. Aber Merete war nicht tot. Sie war sechsunddreißig, genauso alt wie er selbst, und gesund, und sie würde ziemlich sicher noch fünfzig oder sechzig Jahre lang weiterleben.

Vielleicht war sie die Tochter eines verheirateten weißen Diamantenhändlers und seiner indischen Geliebten. Obwohl sie nichts Weiches an sich hatte und ihre Haut hell war, die Nase knochig, lang und gerade. Und die Iris schimmerte je nach Lichteinfall in allen Farben des Ozeans. Aber all das spielte jetzt keine Rolle mehr, wer ihre Eltern waren, die Farbe ihrer Augen, die blassen aufgesprungenen Lippen und daß sie trotzdem noch schön war. Daß sie schön war, weil er sie liebte. Er wußte, daß er sie liebte, doch er konnte es nicht fühlen. Und er war noch nicht einmal traurig darüber. Er wußte bloß, daß es wahrscheinlich normal wäre, traurig zu sein. Er hatte sie überlistet, sie hatte die Cola mit den zwei oder drei Dormicum darin getrunken; ein letzter, unnötiger, notwendiger und kalter Sieg.

Viele Taxifahrer und die Mehrzahl der Kellner im Blue Waters waren Asiaten. Und fast alle, mit denen Andreas gesprochen hatte, wünschten sich mehr oder weniger offen die Zeit der Apartheid zurück. *»Look at me«* – der kleine, sympathische Kellner, dessen Namen er sich unmöglich merken konnte, war 1965 geboren, im gleichen Jahr wie Merete und Andreas. Er lebte mit seiner Frau und den drei Kindern außerhalb der Stadt und fuhr jeden Tag eineinhalb Stunden mit dem Bus zur Arbeit und danach wieder zurück, sechsmal pro Woche. Er hatte ihm wie jeden Morgen wäßrigen Kaffee nachgeschenkt, und jetzt goß er die heiße, perfekt aufgeschäumte Milch darüber – *»before, I was an asshole, we were the assholes of the white men, and the shit that came out of us was black. But now –«,* der Kellner hielt einen Moment inne, ein wenig theatralisch, dachte Andreas, als genieße er es, den weißen Touristen zu brüskieren, der ihn so teilnahmsvoll nach seinen Gedanken und Lebensumständen befragte, und er fühlte sich plötzlich erbärmlich europäisch mit seiner Sehnsucht, alles zu verstehen, mit seinem Glauben an Völkerverständigung, »jetzt kriechen die Weißen den Schwarzen in den Arsch, und die gelbe Scheiße, die sie herauspressen, sind wir.« Der Kellner stellte die beiden silbernen Kannen aufs Tablett zurück und ging zum nächsten Tisch, an dem eine ältere englische Lady saß, die im Blue Waters ihren Lebensabend verbrachte. Sie wohnte seit Jahren im Hotel, in einer Suite im obersten Stock. Ihr verstorbener Mann hatte in Diamanten gemacht. Sie war ziemlich groß und knabenhaft dünn. Jedesmal wenn sie mittags und abends vor dem üppigen Dessertbuffet stand, klatschte sie in die Hände und rief, es sehe wunderbar aus, aber alles sei so kalorienreich, mit Sahne und Eiern, und sie müsse wirklich aufpassen, daß sie nicht dick werde, während direkt neben ihr der unglaublich fette Amerikaner stand und sich schamlos und mit dem Recht des Ausgehungerten über die Platten und Schüsseln beugte. *»Please give me some more«,* bettelte er den Chef de Service an, und winzige Schweißperlen erschienen auf seiner blassen Stirn, *»I'm starving.«* Und wenig später sah Andreas in seinen kleinen entzündeten Augen, die er noch unterwegs zu seinem Tisch auf die Berge von Kuchen und Eiscreme im Teller heftete, daß er wirklich zu sterben befürchtete. Sein Begleiter war kaum halb so alt und sah aus wie ein Model für Unterwäsche, braungebrannt, sehnig und muskulös. Und während der Alte seinen Teller leer fraß, strahlte er zwischendurch seinen jungen Geliebten an, der mit dem halb gleichgültigen, halb verächtlichen Interesse der Jugend auf ihn herabsah, und genau das schien den Alten entsetzlich glücklich zu machen. Er war glücklich, dachte Andreas, weil es jemanden gab, der ihm zusah und sich von ihm ficken ließ oder umgekehrt, und es war ihm vollkommen egal, welchen Preis er dafür zahlte.

Jonathan hatte achtundvierzig Stunden im künstlichen Koma gelegen; Merete und Andreas wechselten sich stumm und verloren am Krankenbett ab. Doch statt Jonathan anzusehen und seine Hände zu halten, hatten sie beide unverwandt auf die Monitore gestarrt, die zu viele Geheimnisse preisgaben, die jede verdächtige Schwellung im Gehirn diagnostizierten, denen kein Atemaussetzer verborgen blieb, bis die Ärzte am Abend des dritten Tags, als Andreas schon beinahe das Gegenteil zu hoffen begann, endlich Entwarnung gaben: die Gefahr möglicher Komplikationen war gebannt, im schlimmsten Fall würde Jona sein Leben lang an Migräne leiden oder an einer gewissen Wetterfühligkeit. Doch kaum war die größte, starre Anspannung von ihm abgefallen, verfiel Andreas in einen nie gekannten Gehzwang. Er lief ziellos und gehetzt durch die Stadt wie ein in der Fremde ausgesetztes Tier, und als Merete ihn beim Bellevue gefunden und mit dem Taxi nach Hause gebracht hatte, lief er einfach weiter, vom Flur ins Badezimmer und vom Badezimmer zurück in den Flur, und vom Flur in die Küche und von der Küche zurück in den Flur, und irgendwann maß er bloß noch den Balkon aus mit seinen Schritten, die immer kürzer wurden. Und als er am sechsten Oktober, da war Jonathan schon wieder zuhause, und Merete hatte ihn zum Einkaufen geschickt – es war höchste Zeit, sagte sie, daß er wieder normal wurde –, wie manche Nachbarn kurz nach Ladenschluß aus dem Einkaufscenter trat und auf den Bus wartete, beladen mit zwei schweren Tüten, darin Vollmilch und Nußbrot und all die anderen Dinge, die in Meretes fremder Schrift auf dem Zettel gestanden hatten, Kopfsalat, Butter und Spinat, ein Himbeerjoghurt für Severin, trugen die Straßen der Stadt – Andreas stand vor dem Umgebungsplan, den die Verkehrsbetriebe aufgestellt hatten, damit man sich orientieren konnte – gleichsam verschüttete Namen, die er ohne Staunen, ohne Erschrecken entzifferte, Röschibachstraße, Nordstraße, Rousseaustraße und Käferberg, der ihm plötzlich eine riesige Totenstadt enthüllte; der Käferberg war eine ewige Totenstadt, dachte er, aus aufeinandergeschichteten, glänzenden Hirschkäfern, die seit Jahrmillionen dort ihre Zuflucht suchten, kunstvolle Behausungen errichteten, sich vermehrten und starben. Zuhause dann durchstreifte er wieder blindlings auf immer derselben Umlaufbahn die Wohnung, bis Merete zu ihm auf den Balkon trat und ihm ein Flugticket aushändigte, das ihn, wie er, ohne zu begreifen, buchstabierte, in wenigen Stunden nach Durban, Südafrika, bringen würde.

Er hatte auf dem Balkon gestanden und eine Parisienne nach der anderen geraucht wie schon in all den Tagen und Nächten zuvor. Er verließ das Haus fast nur noch, um Zigaretten zu kaufen. Er hatte sich mit der linken Hand auf die breite hüfthohe Betonbrüstung gestützt und über die Stadt hinweg in den föhnblauen Himmel gestarrt, als Merete aus dem Schlafzimmer auf den Balkon trat und sich neben ihn stellte, eine kleine, giftgrüne Plastiktüte in der Hand.

Der Radiowecker zeigt zehn vor vier, und Andreas versucht einmal mehr, den Film in seinem Kopf zu stoppen. Als sei, woran er sich so schmerzhaft erinnert, noch gar nicht wirklich geschehen; als müßte er nur den richtigen Moment erwischen, um die Stoptaste zu drücken, als müßte er nur den Atem anhalten, um die Geschehnisse der letzten drei Wochen anders und neu zu erfinden. Als gäbe es niemanden, der die Wahrheit bezeugen konnte. »Was stimmt jetzt in Echtigkeit?« sagte Jonathan wütend, wenn Merete ihm zum hundertsten Mal erzählte, wie sie als Baby in den Straßen von Durban gefunden worden war, »einmal hast du gesagt, du warst traurig, und jetzt sagst du wieder, du weißt es nicht.« »Ich nehme es an«, sagte Merete erschöpft, »daß ich traurig war, aber ich kann mich nun mal einfach nicht daran erinnern.«

»Ich hab was für dich«, sagte Merete.

Das schönste an der Wohnung war ihre Lage am steilen Nordhang von Zürich. Nachts sah man auf das Lichtermeer, das vom Üetliberg über die alten Industriequartiere bis zum Hauptbahnhof reichte, wo es sich bündelte, um von dort aus über die Altstadt und das Seebecken bis in die Vorortsgemeinden zu fließen, die sich das linke und rechte Seeufer entlangzogen, während sich jetzt, an einem föhnigen Samstagnachmittag Anfang Oktober kurz nach halb fünf, Zehntausende von Kleinfamilienwagen in Einer- und Zweierkolonnen ihren Heimweg bahnten von der Stadt zurück ins Oberland. Träge, traurig und tröstlich – die meisten Fahrer hatten die Lichter schon eingeschaltet –, sahen sie aus wie winzige aneinandergekettete Leuchtkäfer.

Merete nahm ein dickes Taschenbuch aus der Plastiktüte und legte es auf die Balkonbrüstung. Auf dem Umschlag war eine dicke schwarze Frau zu sehen, die auf einer Strohmatte hockte und mit halb geschlossenen Augen, ganz in ihre Arbeit versunken, an einem Weidenkorb flocht. Sie trug einen Kopfschmuck aus farbigen Keramikperlen und ein weites, aufwendig bunt bedrucktes Kleid. *»South Africa«,* buchstabierte Andreas, als verstehe er kein einziges Wort, *»A travel survival kit. Written by David Green.«*

»Was ist das«, fragte er blöde.

»Ein Reiseführer«, sagte Merete, »aus der *Lonely-Planet*-Reihe, die besten Reisebücher auf dem Markt.« Sie schwieg. »Ich hab noch was für dich«, sagte sie endlich und griff erneut in die Plastiktüte.

»Hab ich was verpaßt«, sagte er, »ist vielleicht schon Ende November, und ich habe Geburtstag.«

»Quatsch«, hatte Merete gesagt, »so ein Blödsinn«, und plötzlich schrie sie, »du machst mich krank mit deiner beschissenen Depression, du machst uns alle krank«, und kraftlos redete sie weiter, kaum hörbar, »ich könnte dich umbringen, so entsetzlich krank machst du mich.« Ihre rechte Hand ballte sich zu einer Faust und schnellte in die Höhe, als wollte sie ihn schlagen.

Er hatte längst vergessen, wie der Junge aus dem jüdischen Kinderheim ausgesehen hatte, nur seine Hände sah er noch vor sich, die langen mädchenhaften Finger, die weiche weiße Haut, über und über mit Sommersprossen gesprenkelt. Keins der einheimischen Kinder hatte Sommersprossen auf dem Handrücken, höchstens ein paar wenige im Gesicht. Jedes Jahr zog die Dorfjugend von Celerina am Nachmittag des vierundzwanzigsten Dezember Weihnachtslieder singend durchs Dorf. Zum Abschluß hatten sie »Stille Nacht, Heilige Nacht« vor dem jüdischen Kinderheim gesungen, das genaugenommen einfach ein Ferienheim war. Die Kinder kamen aus Belgien und blieben jeweils für zwei Wochen im Engadin. Sie waren zwischen zehn und vierzehn Jahre alt, und manchmal sah man sie in Zweierreihen durchs Dorf spazieren, die Jungen mit ihren Käppchen auf dem Kopf, die Mädchen in langen Röcken. Man betrachtete einander aus der Distanz, neugierig und verstohlen. Manchmal flog ein Ball über den Zaun in den Garten der Chesa Michele, und Andreas kickte ihn zurück, und ein Junge rief *merci beaucoup*. Und im Winter manchmal schossen Helene, seine Freunde und er frech ein paar eisig präparierte Schneebälle hinüber und wurden anschließend selbst mit weichem flaumigem Schnee beworfen, der an den Windjacken klebenblieb wie Puderzucker. Zu einer richtigen Schneeballschlacht kam es nie. Ein ungefähr gleichaltriger Junge war aufs Trottoir vor dem Haus getreten und stand kaum einen Meter von Andreas entfernt. Er nickte ihm zu, als wolle er sich für das Konzert bedanken, und sagte irgend etwas auf französisch, das Andreas nicht verstand. Er zerrte an seinem feuchtkalten rechten Handschuh, um dem Jungen die Hand zu geben. Dabei schnellte sein Arm nach vorn, es mußte aussehen, als hole er zu einer Ohrfeige aus, und der Junge war blitzschnell vor ihm zurückgewichen. Juden gab man nicht die

Hand, fiel ihm ein, hatte seine Mutter gesagt, und er schämte sich, trotzdem, er mußte ihm zeigen, daß er ihn nicht hatte schlagen wollen, und als es ihm endlich gelungen war, den Handschuh auszuziehen, streckte er dem Jungen so langsam wie möglich die Hand entgegen. Der Junge nahm sie zögernd, und Andreas drückte sie heftig, sie war schlaff und weich. Verlegen und schamrot lösten sie sich voneinander, und der Junge ging, ohne sich umzusehen, ins Haus zurück. Zwei Jahre später, er war vierzehn, hatte er sich in ein jüdisches Mädchen verliebt. Sie war schwarzhaarig und hatte auffallend rote Wangen. Er hatte sie schon zwei, drei Mal beim Eislaufen gesehen. Die Eisbahn lag direkt gegenüber vom Cresta Palace, und er umkurvte das Mädchen, das mit anderen Jugendlichen aus dem Kinderheim in der Mitte der Eisfläche stand, in immer schnellerem Tempo, als sie mit betont nachlässiger Geste ihr weißes Taschentuch direkt vor seine Schlittschuhe warf. Er bremste scharf ab und wollte sich bücken, um es ihr zurückzugeben, aber dann glaubte er zu spüren, wie er von der ganzen Gruppe angestarrt wurde, und lief, so schnell er konnte, an den Rand der Eisbahn, wo er atemlos stehenblieb. Zögernd drehte er sich um. Aber niemand lachte. Ein dickes pickliges Mädchen löste sich aus der Gruppe und fuhr auf ihn zu. *»Elle te plaît?«* sagte sie und wies mit dem Kinn auf die lockige Schöne, deren Backen jetzt dunkelrot glühten. *»Oui«,* stieß Andreas hervor, *»elle me plaît très beaucoup.«*

Als er die Augen öffnete, saß er am Boden. Merete ließ die Hand sinken und schüttelte verzweifelt den Kopf. Dann bückte sie sich, nahm ihm die Zigarette aus der Hand, die beim Fallen wahrscheinlich erloschen war, und hielt ihm ein Flugticket hin, das er, wenn er sich richtig erinnerte, wortlos entgegengenommen hatte wie ein Angeklagter sein lange erwartetes Urteil.

Das Flugticket war auf seinen Namen ausgestellt, Andreas Lazzaroni, und er las es dreimal, bevor er begriff, daß es ihn, mit einem Zwischenstop in Johannesburg, nach Durban, Südafrika, bringen würde. Der Flug der South African ging in weniger als vier Stunden. »Und du«, hatte er gesagt, »*du* solltest nach Durban. Wie oft hab ich dir schon gesagt, geh doch, flieg hin. Oder wir fliegen alle zusammen.« Und Merete hatte ihm ein schmales, gescheitertes Lächeln geschenkt. »Ich bleibe hier in Zürich mit den Kindern.«

»Das hast du einfach so beschlossen?«

»Ja genau«, sagte sie ruhig, »das habe ich einfach so beschlossen.«

Er sah sich das Ticket erneut an.

»Aber das ist bloß für den Hinflug.«

»Eben. This will be your choice. Your own personal fucking choice.«

Zwei seiner Kollegen der Zürcher Universitätsklinik, fiel ihm ein, waren kürzlich für ein halbes Jahr nach Johannesburg geflogen. Die Schweiz lieferte Aids- und andere Medikamente sowie Hightech-Geräte zum Selbstkostenpreis an die dortigen Krankenhäuser und bezahlte darüber hinaus die Löhne der angehenden Chirurgen. Die jungen Schweizer Ärzte sollten den hoffnungslos überlasteten südafrikanischen Kollegen helfen und sich dabei gleichzeitig weiterbilden. Denn die meisten Leute, die in die Notfallstationen von Johannesburg eingeliefert wurden – Verkehrs- und Gewaltopfer – waren so übel zugerichtet, daß die beiden Chirurgen, zurück in der Schweiz, ihr ganzes Berufsleben von den Operationserfahrungen würden zehren können, die sie dort erwarben.

»Komm rein.« Merete zog ihn ins Wohnzimmer. Jonathan lag auf dem Sofa. Er hielt seinen Stofflöwen im Arm und döste. Die schwarzen Haare hingen ihm verschwitzt in die Stirn. Andreas hatte ihn zuletzt auf der Kinderintensivstation gesehen. Er war noch immer bleich, beinahe durchsichtig, doch die Ärzte des Kinderspitals hatten ihnen versichert, er werde sich vollständig erholen. Severin saß auf der anderen Seite des Flurs auf dem Küchenboden, die Tür war offen, und schlug mit Kochlöffeln auf Töpfe und Deckel ein. Dazu sang er, laut und fröhlich, als wolle er seine unverständliche Botschaft in die ganze Welt hinaus schicken.

Merete hatte alles vorbereitet. Der türkisblaue Schalenkoffer lag geöffnet auf dem Parkett, daneben stand die Aktentasche fürs Handgepäck. Sie hatte die beiden hellen Sommeranzüge und seine Lieblingshemden in die Reinigung gebracht, Andreas registrierte es mit einem kurzen, professionellen Blick, das graue Leinenhemd, die beiden neuen blauen von Hugo Boss, das weiche aus olivgrünem Feinstrick, es war idiotisch teuer gewesen. Merete kaufte alle ihre Kleider im Secondhandladen. *»I'm only a secondhand* *girl«,* sagte sie, »ich bin ein Kind aus zweiter Hand, deswegen trage ich nur Tand.« Die Dinge nahmen ihren Lauf, und er sah einfach zu. Merete nahm die gereinigten Kleider vom Couchtisch und legte sie in den Koffer. Die Erde drehte sich weiter, er wollte nicht nach Südafrika, und Merete legte fünf Paar Socken dazu, zwei Jeans und einige T-Shirts, als fliege er wie üblich bloß für ein paar Tage zu einem Kongreß über die jüngsten Entwicklungen in der Geburtshilfe. Sie zählte laut fünf Boxershorts ab, dachte an Zahnbürste, Rasierapparat, Sonnencreme, Kopfschutz und Badehose. Eine ganze Stange Parisienne Extra, den Discman, CDs, die Medikamente und das Buch von Alison Louise Kennedy über den Stierkampf legte sie vor seinen Augen in die Aktentasche; alles, was er brauchen würde, packte sie ein, akkurat und exakt, mit den imitierten Gesten einer Ehefrau, dachte er, ein ironisches Zitat bürgerlicher Konventionen, das sie zu lieben schien und sie früher beide amüsiert hatte, ihn in dieser Situation aber beelendete. Und er wünschte sich, sie würde ihn endlich anschreien, er solle seinen Kram gefälligst alleine machen oder das sei ja wohl das Letzte, einfach abzuhauen, obwohl er genau wußte, daß es umgekehrt war, nicht er haute ab, sondern sie schickte ihn weg.

Um halb sechs waren Koffer und Rucksack gepackt, und Merete legte eine seiner liebsten CDs ein, *Time Out Of Mind,* und gemeinsam hörten sie *Not dark yet,* Andreas konnte den Text auswendig, *Shadows are falling and I've been here all day, It's too hot to sleep time is running away, Feel like my soul has turned into steel, I've still got the scars that the sun didn't heal, There's not even room enough to be anywhere, It's not dark yet, but it's getting there.*

Nüchtern und stur wie eine Planierraupe fuhr Bob Dylan – er war im Frühling sechzig geworden – über seine innere Landschaft voll Melancholie, Menschenkenntnis und Selbstironie hinweg, als erfüllte er den heiligen Auftrag, jede Erinnerung an die Schönheit dieser Landschaft auszumerzen, während sich der Akt der Zerstörung selbst um so tiefer ins Gedächtnis seiner Stimme brannte.

Jonathan hatte zum ersten Mal die Augen geöffnet und sah seinen Vater fragend an. »Gehst du weg?«

»Nur für ein paar Tage«, sagte Andreas, »bis ich wieder gesund bin.«

»Aber *ich* bin doch krank.«

»Bald bist du wieder gesund.«

»Andi?«

»Ja, mein Herz?«

»Du hättest besser auf mich aufpassen sollen. Wenn ich das nächste Mal radfahre, dann mußt du aufpassen. Und einen Helm mußt du mir kaufen.«

»Versprochen, mein Süßer. Versuch noch ein bißchen zu schlafen.«

»Versprechen muß man halten. Und du hast mir versprochen, daß wir in den Zoo zu den Riesenschildkröten gehen, wenn ich wieder zuhause bin. Und jetzt bin ich wieder zuhause.«

»Aber jetzt bist du noch zu schwach.«

Später hatte Merete die Kinder zu Martha und Alex gebracht und ihn zum Flughafen gefahren, als wolle sie sichergehen, daß er wirklich abflog. Jonathans Unfall sei bloß ein Vorwand, hatte sie zum Abschied vor der Paßkontrolle leise gesagt, so leise, daß Andreas bat, sie möge den Satz wiederholen, was sie auch tat: »Daß du behauptest, du kommst über den Unfall nicht hinweg, ist einfach lächerlich. Du bist vielleicht daran schuld, ja sogar sicher, aber du hast ihn gesehen, Jona wird wieder gesund. Manchmal denke ich, du hast den Unfall provoziert, um dich mir gegenüber schuldig zu fühlen. Weil du dich mir angleichen wolltest. Weil du glaubst, ich müßte mich dir gegenüber schuldig fühlen, weil ich mich in Peter verliebt habe. Aber keine Angst, ich fühle mich wunderbar. So ist es. Weißt du, was er zu mir gesagt hat?«

»Nein, woher sollte ich.«

»Du willst es nicht wissen, aber ich sage es dir. *You suck like a queen, you fuck like a princess, you smell like a goddess.* Du magst mich für eine Zumutung halten, aber was verlangt und vermag, was wir Liebe nennen, wenn nicht das: sich einander zuzumuten.«

Das alles sagte sie ruhig, entschieden und klar, wie er manchmal Sterbende reden gehört hatte, die sich bei vollem Bewußtsein von ihren Angehörigen verabschiedeten. In ihren letzten Worten lag oft ein kaum verhüllter Triumph. Sie wußten, daß ihre Worte nachhallen, daß sie eine Zeitlang über den Tod hinaus aus dem Mund der grellgeschminkten Kioskverkäuferin, des Buschauffeurs, des griesgrämigen Postbeamten, irgendwelcher Idioten, zu ihren Nächsten sprechen würden: »Ich hätte damals das Kind nicht abtreiben sollen«, »Bitte versuch wenigstens, nicht dieselben Fehler zu machen wie ich« oder *»You suck like a queen, you fuck like a princess, you smell like a goddess«.*

»Ich dachte, ihr fickt nicht. Du hast mir gesagt, er will nicht mit dir schlafen, aber das sei dir egal, im Gegenteil, es gefällt dir sogar, hast du wörtlich gesagt, daß er dich sieht, geil wie eine läufige Hündin.«

»Ich hab ihm versprochen, daß ich dich nicht verlassen werde. Ich hab ihm gesagt, daß ich dich liebe. Und seither kann er mich ficken. Er ist geradezu verrückt nach mir. So einfach ist das.«

Je mehr er darüber nachdenkt, um so verworrener scheinen ihm die Geschehnisse der letzten paar Wochen. Vielleicht sollte er Merete aufwecken und ihr noch einmal alles erzählen und sich umgekehrt alles noch einmal von ihr erzählen lassen, nicht um irgend etwas zu rekonstruieren, die Bilder in seinem Kopf sind zerschnitten wie die zweihundert Bilder von Paul Klee, aber vielleicht würden sie gemeinsam herausfinden, wie es auch noch hätte sein können und wie es vielleicht werden könnte. Aber er weiß, schmerzhaft genau, daß er es nicht tun wird; Bongani, der alte schwarze Taxifahrer, wird ihn um halb fünf Uhr vor dem Blue Waters abholen, und er wird ihn nach Umhlanga Rocks bringen, an den Strand. Andreas hatte sich erkundigt, die Live Guards bezogen ihre Posten pünktlich um acht. Bis dahin hätte er es mit an Sicherheit grenzender Wahrscheinlichkeit geschafft.

Merete hatte ein Fax ins Blue Waters geschickt, to Mr. Andreas Lazzaroni: Ankunft in Durban am 13. Oktober 2001 um 22.55 Uhr. Du brauchst mich nicht abzuholen, ich komme allein zurecht, Merete. Seinen Namen hatte sie mit einem Lineal doppelt unterstrichen, wie er als Kind die Resultate der Rechnungen unterstrichen hatte, übertrieben sorgfältig und exakt.

Merete kam immer und mit allem allein zurecht. Natürlich hatte er die Faxnummer seiner Eltern am oberen Blattrand erkannt und sofort an Helene gedacht. Irgend etwas war mit Helene passiert. Ein Mitarbeiter der geschützten Werkstätte in Samaden hatte ihre latente sexuelle Bereitschaft ausgenutzt; jeder wußte doch, wie sehr sie sich ein Kind wünschte. Mitten in der Arbeit zog sie den Pullover hoch, zerrte die schweren vollen Brüste aus dem BH und wiegte sie zärtlich in den Händen, bis einer der Aufseher vor sie hintrat und ihr mit fester Stimme befahl, die Dinger wieder zu verstauen, wo sie hingehörten. Oder sie hatte sich von zuhause weggeschlichen und war nachts allein auf der Straße nach St. Moritz unterwegs gewesen, und ein betrunkener Russe hatte sie angefahren. Aber welcher Russe betrank sich in St. Moritz *hors saison.* Oder Jonathan war trotz allem –. Andreas stand auf dem Balkon der Suite, hielt das Fax in der Hand und sah hinaus auf den Indischen Ozean. Er ging ins Wohnzimmer und stellte den Fernseher an, CNN, sah Nachrichten, Werbung, Nachrichten. Er hielt den Hörer ans Ohr und wollte seine Eltern anrufen und fragen, was los war. Er wollte Merete anrufen. Er wollte Jonathans Stimme hören und ihn fragen, ob er zum Frühstück seine Weetos gegessen habe oder ein Toastbrotsandwich mit zuviel Butter. Er wollte schlafen. Er legte sich ins Bett, rieb seinen Schwanz und versuchte zu kommen. Er wollte die vornehme alte bescheuerte Engländerin ficken, bis sie kotzte vor Glück und Erschöpfung. Er wollte seine Rechnung bezahlen und auschecken. Er wollte irgendwo in Südafrika ein neues Leben beginnen. Untertauchen in Südafrika, als einer von sechs Millionen illegalen Einwanderern, die vor Bürgerkriegen, Armut und Arbeitslosigkeit aus den Nachbarländern ins Land geflohen waren und weiterhin flohen, trotz des Elektrozauns mit 3500 Volt an der Grenze zu Mosambik. Vielleicht würde er eine Stelle finden als Hilfskellner oder sogar als Arzt. Er würde wieder heiraten und neue Kinder haben. Er wollte nachts auf die Straße gehen und sich von einer der zahlreichen Jugendbanden ausrauben lassen; in den Straßen von Durban wurden jedes Jahr viertausend Leute ermordet. Und als er irgendwann gar nichts mehr wollte, war es Zeit, Merete am Flughafen abzuholen.

Er sah sie schon von weitem. Sie sah herzzerreißend müde aus. Aber sie mochte es uberhaupt nicht, wenn er ihr sagte, daß sie müde aussah. Als sie ihn erblickte, verlangsamten sich ihre Schritte. Und als sie vor ihm stand, breitete sie ihre Arme aus, und Andreas sagte leise, ich weiß schon, Helene ist tot. Merete hatte die Arme sinken lassen und traurig den Kopf geschüttelt. Sie waren ins Taxi gestiegen und Richtung Stadt gefahren, an riesigen Reklametafeln vorbei, die den Southern Freeway beidseitig säumten und für Mobiltelefone und Geschirrspüler warben, und kurz vor der Ecke Soldiers Way/Commercial Street – wo Silvie sie gefunden hatte – hatte sie zu reden begonnen. »Es war eh schon zu spät«, sagte sie, »dein Handy war immer ausgestellt, ich habe dir x-mal auf den Beantworter gesprochen, du sollst mich zurückrufen, wir wußten ja alle nicht, wo genau du warst, deine Mutter und Helene sind beinahe durchgedreht, und die Kinder haben nur noch geheult, und als ich endlich auf die Idee kam, dich im Blue Waters zu suchen, wollte ich es dir nicht am Telefon sagen, ich wußte ja, wie du drauf bist, ich wußte, wie beschissen es dir geht, wie gesagt, es war eh schon zu spät, er hat übrigens im Lotto gewonnen, zum ersten Mal, ist es nicht verrückt, fünf Richtige plus Zusatzzahl, zweihundertneunzigtausend Franken, wir haben ihn vorgestern beerdigt, dein Vater ist tot.«

Hier in Durban, der Handels- und Industriemetropole an der Ostküste Südafrikas, mochten sich vor hundert Jahren, an einem dumpfen, sonnenlosen Hochsommermorgen, die Wege von Gandhi und Fernando Pessoa gekreuzt haben. Gandhi war damals zweiunddreißig, Pessoa war dreizehn. Einige Jahre zuvor, am 8. Juni 1893, wurde der junge, gutgekleidete Anwalt Mohandas Karamchad Gandhi auf dem Weg von Durban nach Johannesburg von zwei Schaffnern mit Tritten in den Rücken aus einem Wagen 1. Klasse auf den Bahnsteig von Pietermaritzburg gestoßen, weil die Benutzung der ersten Klasse für Nicht-Weiße verboten war. In schmerzhaftem Prozeß, versuchte Andreas nachzuvollziehen, was er gelesen hatte, war es Gandhi offenbar gelungen, die erlittene physische Demütigung in sein Konzept der Satjagraha zu verwandeln, was mit »Festhalten an der Wahrheit« zu übersetzen wäre; jene »Wahrheit«, dachte Andreas, wie Dante Alighieri in der *Divina Commedia* schrieb, »die so teuer, wie der weiß, der für sie sein Leben opfert«. Allerdings, dachte er, war es unmöglich, sein Leben für die Wahrheit zu opfern; ebenso, wie es unmöglich war, daß Alison Louise Kennedy als Tote beredt geblieben wäre. Alison K. war deshalb nicht aus dem Fenster gesprungen, weil sie durch das läppische Liedchen begriff, daß sie im Tod die Macht über sich selbst verlieren würde, daß die große tragische Geste durch *Mhairis Wedding* zum platten Herzschmerz verkam, daß ihr verrenkter Körper auf dem Kopfsteinpflaster nicht mehr ihre eigene, luzide Sprache spräche, sondern die des Boulevards, auf den sie sich stürzen wollte. Verzweifelt war sie schon lange nicht mehr. Es war ihr einfach unmöglich geworden, im Weiterführen ihrer Existenz, die sie auf bloße Körperfunktionen reduziert empfand, einen Sinn zu sehen.

»Auf das Opfer«, erinnerte sich Andreas an eine Stelle bei Ingeborg Bachmann – er besaß ein Notizheft, worin er alles aufschrieb, was er nicht vergessen wollte – , »darf sich keiner berufen. Jedes Opfer ist sinnlos.« Im Gegensatz dazu hatte Gandhi behauptet: *»If my faith burns bright, as I hope it will even if I stand alone, I shall be alive in the grave, and what is more, speak loud from it.«*

Gandhis Aufruf zum gewaltlosen, passiven Widerstand und zivilen Ungehorsam gegen die systematische Unterdrückung von Schwarzen und Indern hatte schließlich einigen Erfolg gehabt, den die neue Regierung – die

Briten waren 1911 abgezogen – allerdings nicht nur zunichte machte; die Rechte der nichtweißen Bevölkerung wurden noch viel drastischer eingeschränkt, und Gandhi selbst wurde mehrfach verhaftet, bevor er 1914 nach Indien zurückkehrte. Mahatma Gandhi mochte den jungen Weißen Fernando Pessoa mit einem neidvollen Blick gestreift haben, den er sich sogleich verbot. Pessoa kehrte bald darauf nach Portugal zurück. Im Dezember 1935 nahm er in einem Lissaboner Krankenhaus ein Stück Papier aus seiner Brieftasche und schrieb: *I know not what tomorrow will bring.* Keine vierundzwanzig Stunden später war er tot. Mahatma Gandhi überlebte ihn um mehr als zwölf Jahre, er war 78, als er am 30. Januar 1948 vom fanatischen Hindu Nathuram Godsey erschossen wurde.

Andreas legte seinen Kopf auf Meretes Bauch, vorsichtig, damit sie nicht aufwachte, aber ihr Körper schien das Gewicht, das er ihm zumutete, gar nicht wahrzunehmen. Das Dormicum wirkte. Die Knie zog er an die Brust, den rechten Arm legte er um ihre linke Hüfte. Ein bißchen sahen sie wohl aus wie das merkwürdige Paar auf einem Bild von Paul Klee. Er hatte es 1938 gemalt und später in drei Teile zerschnitten.

Meretes Theorien, wie, wann und warum Klee diese Bilder zerschnitten hatte, wurden immer verrückter. Es sei ein Versuch, sich selbst zu überlisten, sagte sie, das eigene, hierarchisch geprägte Denken und Sehen zu brechen, den kompositorischen Gestus, der den Blick des Betrachters auf ein Zentrum lenke, wenigstens nachträglich zu unterlaufen.

Das rekonstruierte Bild zeigte die Umrisse zweier Torsi, gemalt auf Packpapier mit kindlich anmutendem, dickem Pinselstrich in schwarzer Kleisterfarbe. Drei Viertel des Bildes wurden vom Strichgesicht eines Mädchens mit wehendem Haar und seinem massigen Oberkörper eingenommen, der mit wenigen, zeichenhaft reduzierten Elementen geschmückt war, die an eine Blume, an Werkzeuge, Fisch und Eule denken ließen, und mittendrin glaubte man plötzlich, eine leicht verbogene, im Gegensatz zum Hakenkreuz linksdrehende Swastika zu erkennen, der ein Arm fehlte. Vielleicht war es aber auch etwas ganz anderes. Die zweite Figur, rechts im Bild, war noch einfacher; ein Gesicht, das sich, schräg nach unten blickend, dem Mädchen zuneigte, und ein Oberkörper, der sich mit einem einzigen Strich vom Bildgrund abhob. Klee hatte zuerst die rechte Figur von der linken und danach den Kopf des Mädchens von seinem Rumpf getrennt. Den Kopf nannte er *Mädchen aus Boetien,* die rechte Figur trug den Titel *Abschied nehmend* und den Rumpf, nicht mehr als solcher erkennbar, bloß noch ein Hügel mit rätselhaften Zeichen, nannte er »Merkzeichen für später«.

Er würde für eine kleine Weile so liegen bleiben, den Kopf auf Meretes Bauch, der sich hob und senkte und am tiefsten Punkt eine winzige Zeitspanne verharrte, bevor der Impuls zum Einatmen kam, unwillkürlich und beruhigend.

Das unerträgliche an Erinnerungen war, daß sie existierten. Unabhängig davon, ob man sie brauchte oder ob sie einen leise verhöhnten. Vielleicht sollte er aufstehen und sich einen Nescafé machen. Oder versuchen, Merete aufzuwecken und doch noch mit ihr zu schlafen. Mit ihr Liebe zu machen. Er mochte keinen dieser Ausdrücke, die es für das weibliche Geschlecht gab, außer Fotze manchmal *(zeig mir deine herrliche heiße hungrige Fotze).* Geschlecht war wirklich und direkt. Wenn Merete aus der Dusche kam, roch es nach weißfleischigem Fisch, ein wenig salzig und in Milch gekocht. Erinnerungen waren da und richteten über die Gegenwart, indem sie bezeugten, wie Wahrheit sich in Lüge verwandelte. Doch der Schmerz darüber, dachte er, wohnte nicht in der Lüge. Mit Lügen konnte man halbwegs unbeschadet leben. Aber wie sollte man damit leben, daß sich beinahe jede dieser Lügen einmal wahr und richtig angefühlt hatte? Und auch diese Empfindungen, dachte er, die unterscheidbar gewesen waren in wahr und richtig, verlogen und falsch, verschmolzen in seinem müden traurigen Hirn zu einer schmierigen ekligen Paste. Vielleicht war er nie dieser hübsche, neugierige und hoffnungsvolle Junge gewesen, an den er sich jahrelang erinnert hatte, gestützt auf Familienfotos und die Erzählungen der Eltern, sondern bloß jenes verschlossene mürrische Kind, das ganze Nachmittage auf dem Friedhof von San Gian saß und Regenwürmer sezierte. Und manchmal einen toten Hamster. Helene konnte stundenlang vor dem Käfig sitzen und Amore rufen. Wenn ein Hamster starb, bekamen sie einen neuen. Mindestens sieben waren es gewesen, bis er von zuhause und von Helene weggegangen war, um in Zürich Medizin zu studieren. Helenes Hamster hießen noch immer Amore.

Die kleine Kirche San Gian lag mit ihren beiden Türmen und dem ummauerten Friedhof seit dem dreizehnten Jahrhundert in der weiten Ebene des mittleren Oberengadins, verloren und stolz wie eine gestrandete Arche, losgelöst von Celerina, dem Dorf seiner Kindheit, zu dem sie gehörte.

Der Schmerz war weg.

Zum ersten Mal seit er zugesehen hatte, wie sich Jonathans kindlich weiche Finger vom Lenker des neuen Fahrrads lösten und der zugehörige Körper in die Luft flog, um beinahe ein Leben später am Boden aufzuschlagen, war der verfluchte vertraute Schmerz einfach weg. Sein großer nackter knochiger Körper fühlte sich angenehm wehrlos an; schwach, dachte er, unschuldig und infantil. Vorgeburtlich, um genau zu sein. Und genau so, dachte er, würde er für immer liegen bleiben, den Kopf auf Meretes Bauch gebettet, der sich sanft auf und ab bewegte. *Forever,* dachte er, und Bob Dylan würde *Forever Young* für ihn singen, mit seiner heiseren krächzenden Stimme, und Dylans Worte würden jeden sterblichen Teil seines Wesens entblößen und umschließen. Seine Stimme würde ihm die Haut abziehen. *May God bless and keep you always, may your wishes all come true, may you always do for others and let others do for you, may you build a ladder to the stars and climb on every rung and may you stay forever young.*

Im Sommer, wenn es nicht regnete, trafen sie sich gegen Abend in der Badeanstalt Letten unter dem Viadukt, wo ganze Schulklassen auf dem Heimweg von der Schulreise über die Badenden hinweg aus den geöffneten Zugfenstern ihre Lieder sangen. Dann legte Merete ihren Kopf auf seinen Arm, den er lachend ausschüttelte, wenn er durch die mangelnde Blutzirkulation eingeschlafen war. Später kauften sie sich vielleicht ein Eis, er erinnerte sich nicht; Vanille mit Mandelsplittern oder Schokolade mit Schokoladestückchen; manchmal auch Zitrone. Jonathan spielte mit einem roten Wasserball, den er auf seinem linken Fuß balancierte; Severin lag auf dem Rücken im Kinderwagen und schlief. Nach Einbruch der Dämmerung standen alle Nachbarn mit ihren Kindern auf den Balkonen und winkten den anderen Nachbarn zu, die mit ihren anderen Kindern auf den gleichen Balkonen standen. Meretes Augen wurden dabei schwarz und glänzend, als trüge sie Knöpfe im Gesicht. Schwarz vor Glück, sagte sie, wenn er sie darauf ansprach, ich fühle mich so eingebunden, als könnte uns nichts je geschehen, sagte sie, aber jetzt, wenn du mich fragst, ist es vorbei, und er wußte, daß er mit diesem Glück nichts zu tun hatte.

Scheiße verdammt. Andreas schnellte hoch und schwang sich aus dem Bett. Es war zwanzig nach vier. Er knipste die Nachttischlampe aus. Die Nacht draußen war hell genug. Hier im Schlafzimmer der Suite hatten sie die Vorhänge zurückgezogen. Die Wolken hingen dicht und bleich am Himmel und warfen die spärlichen Lichter auf die Stadt zurück. Merete schlief weiterhin tief und ruhig.

Er sammelte seine Kleider ein, die sich auf dem Teppich ausbreiteten, schwarze Boxershorts, blaue Levis und die alten löchrigen Schuhe. Das Hemd war zerknittert und roch nach Schweiß. Er stopfte es in den Koffer und nahm ein frisches weißes T-Shirt heraus. Genau dasselbe hatte er getragen, fiel ihm ein, *als wir einander zum ersten Mal sahen, Merete und ich,* und für einen Moment fühlte sich alles wunderbar beschissen und richtig an, als läge im blinden Zufall, daß er an diesem Morgen dieselben Kleider tragen würde wie damals, jene helle grausame unpersönliche Ordnung der Dinge, der man sich bloß zu überlassen brauchte.

Die Schuhe waren allerdings kein Zufall. Er hatte sie gewählt. Dainites, schwere handgenähte englische Schuhe, gab es 1992 in Zürich nur in einem einzigen Laden zu kaufen. Er wußte nicht, ob der Laden an der Jakobstraße noch existierte, der ihm mit den vier, fünf Modellen im Schaufenster, dem Eichenholztisch und dem Plüschsofa eher wie das Wohnzimmer der Ladenbesitzerin vorgekommen war. Die alte Frau – sie war Tessinerin – bestand darauf, mit Signorina angesprochen zu werden. »Ich bin nämlich noch nicht verheiratet«, sagte sie und lachte, und dabei blitzten ihre schwarzen Augen vor Schalk und Lebensfreude. Es war in gewisser Weise die schönste Frau, die er je gesehen hatte. »O ja«, sagte Signorina Gilardi, »1930 war ich die schönste Zwanzigjährige der Leventina, aber sagen Sie selbst, hätte ich meine Schönheit an einen einzigen Mann und die vier Wände eines Einfamilienhauses verschwenden sollen?« Brandneu waren die Schuhe im Juli 1992 gewesen, und sie hatten scharf nach Leder gerochen. Das geschmeidige, beinahe unverwüstliche Rindsleder war brüchig geworden und das Profil abgelaufen, die Schnürsenkel ausgefranst, doch jetzt, wo er sie genauer ansah, erinnerten sie ihn jäh an das Glücksgefühl, schwebend und hell, als er sie zum ersten Mal trug. Seit dem letzten Umzug hatten sie in einer Schuhschachtel im Kellerabteil gelegen, bereit für den nächsten Umzug in eine größere, schönere Wohnung oder in das Einfamilienhaus auf dem Land, das sie irgendwann kaufen wollten, spätestens wenn Severin in die Schule kam. Er stand schon vor der offenen Mülltonne mit den Schuhen in der Hand, deren Reparatur nicht mehr lohnte, und brachte es nicht über sich, sie einfach fallen zu lassen. Merete hatte ihm zugesehen. »Dich sollte man fotografieren«, sagte sie und lachte, »dein tragisches Gesicht über dem Müll.«

Wochenlang hatte er die Schuhe damals im düsteren Schaufenster der schönen Tessinerin bewundert, bevor er sie kaufte, für dreihundertneunundachtzig Franken, am Abend nach der letzten Prüfung für das Staatsexamen. Am Tag darauf, am vierten Juli 92, hatte er Merete kennengelernt, und am Freitagmorgen vor dem überstürzten Abflug, als er Jonathans sonnengelb lackiertes Fahrrad in den Keller stellte, weil er den Anblick nicht länger zu ertragen glaubte, war er in die offene Schachtel getreten, und die Schuhe waren ihm ans Schienbein geflogen.

Als Assistenzarzt hatte er einem alten Mann den linken Schuh aufgeschnitten, der, halb aufgelöst, schon mit dem offenen Fleisch zu verwachsen begann. Er sah sein abgemagertes Gesicht noch vor sich mit der scharf hervorspringenden Nase und hörte ihn, wie er um die Schuhe weinte, die ihn durch schwierige Zeiten und ein halbes Leben getragen hätten. »Sie sollten um ihre Füße weinen«, hatte er zu ihm gesagt, »ich weiß nicht, ob wir sie retten können.« Der alte Mann hatte den Kopf geschüttelt. »Ich bin müde und erschöpft; ich mag nicht mehr essen, ich kann nicht mehr lesen, und meine beiden Enkel sind schon beinahe erwachsen. Sie sollten meine Füße nicht zu retten versuchen.«

»Es ist unsere ärztliche Pflicht, Ihnen zu helfen«, hatte er gesagt, und der Mann hatte kaum merklich genickt, als bliebe ihm nichts anderes übrig. Sie hatten das linke Bein unterhalb des Knies amputiert. Der Mann war drei Tage später gestorben, mit einem zufriedenen, fast schon triumphierenden Lächeln auf den Lippen. Zehn Minuten zuvor hatte er trotz strengstem Verbot noch eine Mary Long geraucht und der jungen Nachtschwester die Geschichte der Verpackung erzählt. Vor maisgelbem Hintergrund war ein Schönheitsidol der Fünfzigerjahre zu sehen, eine lasziv-kokette Schwarzhaarige, die der jungen Liz Taylor glich, in Wahrheit aber ein Mann aus dem Kanton St. Gallen gewesen sei. Ein damals weit und breit bekannter Transvestit, sagte der Mann, kurz bevor er starb, und während die Nachtschwester die Infusion erneuerte, hatte er ihr seine letzte verbliebene Sehnsucht geschenkt und sie galant wie ein alter Wiener Jude auf den Handrücken geküßt.

Er wollte nicht daran denken und dachte daran, wie Merete ihn vor ein paar Stunden mit schmerzhafter Konzentration angesehen hatte. Sie hatte ihn ausgezogen wie ein übermüdetes Kleinkind. Die Kleider hatte sie mit jener betont nachlässigen Geste auf den Boden geworfen, die ihm besagte, daß sie ihn wollte, jetzt, sofort, und daß es die einzige Rettung wäre. Dann hatte sie ihn auf den Bauch gedreht. Er hatte es geschehen lassen. Sie schob seine Beine auseinander und kniete sich dazwischen. Sie beugte sich über seinen Po, drückte die Backen zur Seite und begann die salzige Spalte zu lecken, bis alles mit einem Film aus glänzender Spucke überzogen war, die Haut und die gekringelten schwarzen Härchen und der rosige After. Dann tauchte sie Zeige- und Mittelfinger der rechten Hand in ihren Schoß, der sich weit geöffnet hatte, und steckte sie in seinen Darm, was eigentlich beinahe so gut war, wie wenn er sie manchmal, viel zu selten, in den Arsch gefickt hatte. Aber diesmal war er kalt geblieben. Schlimmer noch. Ihre Lust hatte ihn angewidert. Merete war aufgestanden und ins Bad gegangen. Sie hatte die Zähne geputzt, den Rest der Cola mit dem aufgelösten Dormicum getrunken und sich an den äußersten Rand des Bettes gelegt.

Neun Jahre lang hatten sie alles miteinander getan, was Menschen miteinander tun konnten. Ihr schmaler Kopf, der so unerträglich gut in seine Hände paßte, war ganz auf die linke Seite gekippt. Aus ihrem offenen Mund rann ein wenig Speichel, und ein nasser Fleck breitete sich auf dem Kissen aus. Als hoffe sie noch im Schlaf, dachte Andreas, eine Spur zu hinterlassen oder vielmehr ihren Leib mit jener Spur zu verknüpfen, die sie vor über sechsunddreißig Jahren als Baby hier, in diesem Hotelzimmer fourteensixteen, zurückgelassen hatte. Die kleine Merete, das erste Kind der Familie Huber, war mitten am Nachmittag in diesem Zimmer gestorben.

Das Kind war nach langem Weinen endlich eingeschlafen, das feuchtwarme Klima setzte ihm zu, Silvia Huber hatte sich kurz unter die Dusche gestellt. Hier schwitzte man dauernd, selbst jetzt noch im Winter – vielleicht war auch nur die Klimaanlage zu heiß eingestellt –, und später blätterte sie im Wohnzimmer die Personalzeitung der Schweizerischen Bankgesellschaft vom April 1960 durch. Die Personalzeitung beschäftigte sich mit Südafrika, und Max hatte sie extra herausgesucht und eingepackt. Max – Silvias Mann – traf sich in Pretoria im Auftrag der Schweizer Firma mit führenden Mitgliedern der südafrikanischen Regierung, sie wußte nicht genau, worum es dabei ging. Peter hatte irgend etwas von Schiffsschrauben gesagt, die sie nach Südafrika liefern wollten. »Der südafrikanische Eingeborene«, las Silvia, »ist noch absolut roh, hat keine Erziehung, kann weder lesen noch schreiben, kurz, er ist halb Kind, halb Tier ... Die einzige Sprache, die er versteht, ist Härte und Autorität. Er ist auch faul von Natur und charakterlich schlecht, das heißt, er lügt, er betrügt, und sehr oft stiehlt er auch.« Na ja, dachte Silvia, ob das nicht ein bißchen übertrieben war? Max würde erst am späten Abend zurückkommen. Merete schlief lang, dachte sie, die arme Kleine war völlig erschöpft vom ständigen Reisen, aber hier in Durban würden sie für eine ganze Woche bleiben, bevor sie in die Schweiz zurückflogen. Sobald es kühler wurde, würde sie mit ihr an den Strand gehen, *for whites only,* die Strände waren sauber und schön. Sie ging ins

Schlafzimmer. Merete hatte sich auf den Bauch gedreht und war halb unter die Decke gekrochen. Sie sollte sie wecken, sonst schlief sie nachts wieder nicht. Als sie den kleinen Kopf an der rechten Schläfe berührte, war er schon kalt.

Meretes Mutter war durch die Stadt geirrt. Im Hotelzimmer konnte sie nicht bleiben. Sie glaubte ihren Augen nicht zu trauen, als sie an der Ecke Soldiers Way/Commercial Street – leicht versteckt in einem Hauseingang – ein kleines, weißrotes Bündel liegen sah. Es war kurz nach acht. Die Neger, die tagsüber hier arbeiteten, hatten die Innenstadt schon verlassen. Ab zwanzig Uhr war die Innenstadt für sie gesperrt. Da lag ein weißes, ausgesetztes Baby. Es war in eine Wolldecke gewickelt. Es war Juli, und nachts wurde es kalt. Es war ein Mädchen mit unglaublich dicken schwarzen Haaren. Fast wie die Haare ihrer Mutter, die schwarz und gelockt waren, wahrscheinlich ein Erbe der welschen Großmutter. Meretes Haare waren weich und hell gewesen. Ihr totes Kind lebte, und sie trug es ins Hotel. Sie stillte es, wiegte es in den Schlaf und legte es ins Bett. Später packte sie das tote Kind in ihren Koffer. Sie rief die Rezeption an und erkundigte sich nach einem Babysitter. Sie wies die junge Frau an, ihr Kind keine Minute aus den Augen zu lassen. Silvia ging nach unten und bestellte ein Taxi. Sie sagte dem Fahrer, er solle sie irgendwohin fahren, es sei ihr egal, sie brauche bloß ein wenig frische Luft. Sie fuhren die Küste entlang Richtung Norden. Nach ungefähr fünf Kilometern, die letzten Ausläufer der Stadt lagen hinter ihnen, sagte sie *you can stop here,* zahlte und stieg aus. Sie wartete, bis das Taxi weggefahren war, nahm das

Kind aus dem Koffer und legte es ins Gebüsch. Sie ging zu Fuß ins Hotel zurück. Merete schlief friedlich. Zehn Minuten später kehrte ihr Mann von seiner Besprechung in Pretoria zurück. Sie war mehr als zufriedenstellend verlaufen. Als Andreas seinen künftigen Schwiegervater dreiundneunzig kennenlernte, stellte er sich mit jovialem Lächeln vor: Max Huber, Waffenhändler. Andreas lächelte zurück.

Das ungefähr, dachte Andreas, war der Anfang von Meretes Geschichte, auch wenn er nicht wußte, wie Meretes Mutter es geschafft hatte, ihrem Mann vom Tod ihrer gemeinsamen Tochter zu erzählen, und endlich dachte er an Michele, seinen Vater, der tot war und auf dem Friedhof von San Gian lag. Er dachte an das Wort, tot, und übersetzte es stumm in alle Sprachen, die er kannte, *morto, muerto, mort, mort, dead, doed, tod.* Vor fünf Tagen hatten sie ihn beerdigt, Mutter, Helene, Merete, die Kinder und das halbe Dorf.

Dann kehrte der Schmerz zurück. Sein Herz schlug kräftig und schnell und pumpte das Blut überall dorthin, wo es weh tat. Die Augen taten weh, die Zähne taten weh und die Knochen taten weh, als schlüge irgend jemand kleine stumpfe Nägel in seinen Körper. Außerdem schaffte er es nicht mehr, in den Spiegel zu sehen. Es war lächerlich und wahr. Jedesmal schossen ihm Tränen ins Gesicht. Er stand da, blind vor Tränen, die ihn um nichts erleichterten, und dann wurde ihm schlecht. Jonathan und Severin brauchten einen Vater, nicht einen bedürftigen Idioten. Merete würde das schon hinkriegen, den Kindern einen anständigen Vater zu organisieren. Wahrscheinlich hatte sie es schon längst hingekriegt.

Das schlimmste war, daß er nicht mehr denken konnte. Er konnte nicht mehr richtig denken. Er war ein Wrack, ein armes erbärmliches krankes impotentes Wrack. Höchste Zeit für ihn, zu verschwinden.

Sein Blick fiel auf einen Zettel am Boden, den Merete aus ihrer Agenda gerissen hatte. *I, the survivor,* stand in ihrer klaren vorwärtsdrängenden Schrift auf dem Kalenderblatt des 16. Oktober 2001, *I wrap you in words so that the future inherits you.* Ich, die Überlebende, ich wickle dich in Worte ein, auf daß die Zukunft dich erbe.

In nicht allzu ferner Zukunft, hatte Merete provozierend und atemlos zu Andreas gesagt, als sie beide noch eine Zukunft hatten, werde es sowieso eine klare Trennung geben zwischen biologischer und sozialer Elternschaft. Sie standen vor Meretes Schreibtisch, ein massivhölzernes Ungetüm mit zwei tiefen Korpussen links und rechts, die voll waren mit ausgeschnittenen Zeitungsartikeln und Vorlesungsnotizen zur Kunstgeschichte. Auf dem Tisch stapelten sich Meretes Notizen. Einige Blätter waren zu Boden gefallen. Sie hatten sich auf dem Schreibtisch geliebt, die Kinder schliefen, alles schien wie immer, und Andreas hatte ihr aus einer Laune heraus, im Wunsch, die eigene Leidenschaft anzutreiben, sogar etwas von einem dritten Kind ins Ohr geflüstert. Merete hatte sofort die Augen geschlossen, und den Rest des Aktes schien sie eher über sich ergehen zu lassen, als ihn zu genießen, aber sie waren sich einig, daß es über so viele Jahre hinweg eben manchmal so war, daß einer den anderen brauchte, und er hatte sie dringend gebraucht, auch wenn er nicht genau zu sagen gewußt hätte, warum. Dank Ei- und Samenspende, sagte Merete, während sie sich wieder anzog, als wäre es nicht mitten in der Nacht, gekoppelt mit der sinkenden Fruchtbarkeit, dank gentechnisch optimierten Embryonen und eventuell künstlicher Gebärmütter werde zumindest in hochtechnisierten Ländern bald kein Mensch mehr seine biologischen Eltern kennen, oder die Produktion verlagere sich ganz in die sogenannte dritte Welt, von wo aus die fertigen Kinder in den Rest der Welt exportiert würden, der ja Nachwuchs schon deswegen brauche, um die Renten zu sichern, und somit werde es bald obsolet, sich auf rassische oder nationale Zugehörigkeiten zu berufen, was im besten Fall zu einer Abkühlung zwischenmenschlicher Beziehungen führen werde, zu weniger emotionalen Verstrickungen und damit zu weniger Leid. In diesem Moment sah Andreas, daß sie keinen Ehering trug. Es war noch nicht mal ein heller Streifen zu sehen, der die vom langen Sommer gebräunte Haut des Ringfingers unterbrochen hätte.

I wrap you in words so that the future inherits you. Als gebe es ihn schon nicht mehr. Sie hatte es die ganze Zeit über gewußt. Das war – unfair. Unfair und beschämend. Er hatte Lust, die Magenwände nach außen zu stülpen und sich zu übergeben. Aber das hatte er seit über zwanzig Jahren nicht mehr geschafft. Mit fünfzehn hatten sie zu dritt zwei Flaschen billigen Whisky geleert, Dino, Fabrizio und er, und danach hatten sie alle in den Stazersee gekotzt. Jedesmal wenn er Dinos Foto in der Zeitung sah, und das kam immer häufiger vor – bei jedem Restrukturierungsprogramm der erfolgreichen Großbank hielt Dino Ferrari seinen kantigen Schädel in die Kameras –, dachte er an den hübschen feingliedrigen Jungen mit den sanften Augen und den mädchenhaft langen Haaren und wie sie zusammen gekotzt hatten.

Der 16. Oktober, das war heute. Die Luft im Zimmer war heiß, salzig und feucht. Es roch nach Meer. Andreas zündete eine Zigarette an und sah aus dem Fenster in die Nacht, auf die breiten verlassenen Straßen, die großzügigen Grünflächen der ausfransenden Stadt, die Hochhäuser ohne Licht.

Und undeutlich und langsam tauchte das Bild jener Wippe auf, die damals im Garten der Chesa Michele stand. Helene und er waren vielleicht sieben Jahre alt, und die Wippe hatte sie wechselweise für den Bruchteil einer Sekunde in die Luft geworfen und zugleich aus der Zeit, so daß hinter dem weiten Hochtal des Inn jener imaginäre, namenlose Ort aufblitzte, dessen ungefähre Lage sein Vater auf der Landkarte von 1935 (Europa nach dem Weltkrieg) mit einem Kugelschreiber rot eingekreist hatte. Es war ein Bauerndorf nördlich von Berlin, zu klein und zu unbedeutend, um auf einer Europakarte verzeichnet zu sein. Jedesmal, wenn Helene schwer und dumpf auf den Boden prallte, warf es ihn in die Luft, und dann glaubte er die ausgedehnten Weizenfelder zu erkennen, von denen seine Mutter erzählt hatte, dazwischen lagen vereinzelte Höfe; Gemüsegärten, totgebissene Mäuse und abgestürzte Vögel, und ein flacher Horizont trennte kaum sichtbar die Erde vom Himmel. Mit diesen Standbildern, die aus dem Nirgendwo auftauchten, lautlos und ungebeten, hatte er sich damals, die kindlich weichen Finger um die Haltegriffe gekrallt, die verschwiegene Landschaft erfunden, in der seine Mutter in den ersten Jahren nach dem Krieg gelebt hatte, während er sich jetzt, dreißig Jahre später, stetig auf dem schmalen Balken jener Wippe vorwärts balancierend, unweigerlich ihrem Drehpunkt näherte, und beim nächsten Schritt würde die Zukunft, wo endlich das richtige Leben begann, vom höchsten Punkt nach unten schnellen und mit ohrenbetäubendem Gelächter am Boden aufschlagen.

Er war ein normales kleines Arschloch, nicht besser und nicht schrecklicher als alle da draußen, die reglos in ihren Betten lagen und von kaputten kleinen Dingen träumten, die sie nie in ihrem Leben tun würden. Er lebte und rauchte und atmete, und es tat weh, und er wollte, daß es aufhörte. Es war kurz vor halb fünf. Es war Zeit. Er versicherte sich, daß er alles Notwendige eingepackt hatte, warf einen letzten Blick auf Merete, durchquerte das Wohnzimmer, öffnete die Türe und trat auf den Flur.

6

Seit vielen Jahren schon hatte Andreas den blauroten Rucksack nicht mehr benutzt; noch am Morgen des 6. Oktober 2001 hatte er in Zürich an der Garderobe im Treppenhaus rechts vom Wohnungseingang gehangen, überdeckt von langen Wintermänteln und den leuchtenden Regenjacken der Kinder. Merete war öfter versucht gewesen, das alte muffige Ding einfach wegzuwerfen, Andreas würde den Rucksack kaum vermissen, dachte sie; eigentliche Bergtouren machte er längst nicht mehr, wahrscheinlich wäre er sogar froh, ihn endlich los zu sein. Dennoch – bei Andreas konnte man nie wissen, seine düsteren Wutanfälle überraschten sie jedes Mal aufs neue –, und so hatte sie eben darauf verzichtet. Einmal, nach einem banalen Streit mit den üblichen gegenseitigen Vorwürfen – Merete hatte gesagt, du könntest auch mal was tun im Haushalt –, war er wie von Sinnen ins Schlafzimmer gestürmt und hatte die Stehlampe umgeschmissen. Das Ehebett, auf dem Severin – er war noch ein Baby – gerade erst eingeschlafen war, nachdem er lange geweint hatte, war übersät gewesen von winzigen weißen Glassplittern. Severin hatte zum Glück nicht mal geseufzt. Als er vier war, hatte Jonathan den Rucksack als Spielzeug entdeckt; er liebte es, Kopf voran hineinzukriechen, so daß nur seine Füße hervorlugten; ich rede mit Gott, sagte er ernst, und Merete hörte ihn flüstern; halbe Nachmittage konnte er so verbringen, und Merete ließ ihn gewähren, wobei sie sorgsam darauf achtete, daß der Rucksack wieder an seinem Platz hing, wenn Andreas von der Arbeit nach Hause kam.

Am Nachmittag des 6. Oktober, Jonathan und Severin waren schon unten bei den Nachbarn, Merete hatte den Autoschlüssel in der Hand, sie würde Andreas zum Flughafen fahren, alles war eingepackt, der türkisblaue Schalenkoffer und die Aktentasche standen im Flur, holte Andreas den staubigen Rucksack, klopfte ihn aus und schüttete den Inhalt der Aktentasche hinein.

Und jetzt war er weg, seine Sachen waren weg, alles war weg. Andreas war weg.

Als Merete es endlich begriff, wollte sie aufspringen, die Treppen der vierzehn Stockwerke des Blue Waters Hotels hinunterrasen, der Lift brauchte Ewigkeiten; sie sah sich an gelangweilten Portiers vorbei auf den Parkplatz und über die Snell Parade rennen, hinunter zum Strand, doch als sie wirklich aufsprang, eine halbe Sekunde später, wußte sie auch schon, daß es zu spät war.

Andreas war tot.

Ich muß meinen Flug umbuchen, dachte sie. Dann drückte sie irgendeine Taste der Fernbedienung. Es dauerte ewig, bis auf dem Bildschirm das frisch gebügelte Gesicht eines Nachrichtensprechers erschien. Er war weiß, ungefähr vierzig, trug eine Hornbrille und sprach Afrikaans.

Dreieinhalb Jahre später, an ihrem vierzigsten Geburtstag, am siebzehnten April 2005 – genaugenommen war es nicht ihr eigener, sondern der Geburtstag der kleinen Merete Huber –, als sie weit nach Mitternacht in kleiner Runde zusammensaßen und einander reihum die schrecklichsten Geschehnisse aus ihrem bisherigen Leben erzählten, sagte Merete: »Und wißt ihr, was ich als erstes getan habe? Ich habe den Fernseher eingeschaltet, und dann habe ich gedacht, diesen blöden Nachrichtensprecher wirst du dein Leben lang nicht vergessen, nicht mal den Leberfleck, den er hat, an der gleichen Stelle wie Cindy Crawford.«

Merete strich das zerknitterte Kleid glatt, fischte mit dem rechten Fuß den nicht mehr ganz sauberen Slip vom Teppichboden, zog ihn an, schlüpfte in die Sandalen, durchquerte die beiden Zimmer der Suite und trat auf den Balkon, der mit himmelblauen Mosaiksteinen ausgelegt war. Die ganze Fassade des zwanzigstöckigen Hotels war wie ein Schwimmbad mit winzigen Mosaiksteinen ausgelegt, die ungezählte Arbeiter, dachte sie, namenlose, schlechtbezahlte Schwarze aus den umliegenden Townships wahrscheinlich, vor mehr als hundert Jahren in den frischen weichen Mörtel gedrückt hatten.

Die Battery Beach war jetzt, an einem gewöhnlichen Dienstagmorgen um halb sieben, wie ausgestorben; ein paar zerquetschte Aludosen und Plastiktüten um eine improvisierte Feuerstelle erinnerten an die ausgelassene Mitternachtsparty, die schwarze Jugendliche gestern gefeiert hatten. Allen Beschwörungen der Rainbow-Nation zum Trotz blieben die Bevölkerungsgruppen weitgehend unter sich; wenn sie Andreas' Erzählungen glauben konnte, hatten sich bloß die Machtverhältnisse verschoben.

Das Meer lag viel glatter da als am Vorabend, wo ein starker schwüler Wind es aufschäumte und die Wellen sich am Ufer brachen, und Merete dachte an ihren Vater, der ihr als Kind in Tarifa an der südspanischen Küste, wo man zusehen konnte, wie die Wassermassen des Mittelmeers und des Atlantiks zusammenstießen, erzählt hatte, daß da zwei Götter gegeneinander kämpften. Seine Stimme klang anders als sonst, bedrohlich, wie die dunkelgrauen, fast schwarzen Wolken, die sich am Himmel zusammenzogen. Sie saßen zu dritt am Strand, Mutter, Vater und sie. Im Frühjahr war Merete sechs geworden. Vater erzählte kaum etwas anderes als Götter- und Heldengeschichten, die ebenso strahlend und verwirrend waren wie er selbst. Vielseitig begabt, hatte Max Huber, einziger Sohn einer Schneiderin und eines ungelernten BBC-Arbeiters, eher zufällig an der ETH Zürich Maschinenbau studiert. Frisch diplomiert, fuhr er im Frühjahr 1960 nach Hamburg und heuerte auf dem nächstbesten Frachter als Küchenjunge an. Die erste Reise ging nach Südamerika, die zweite nach Indien, die dritte nach Südafrika. Zwei Jahre später kehrte er in die Schweiz zurück, erfahren, ernüchtert und entschlossen, für den Rest seines Lebens den gutbezahlten Bösen zu spielen. Nicht daß er selber sich oder sein Tun für amoralisch gehalten hätte; vielmehr war er zutiefst davon überzeugt, daß seine Arbeit – weltweit die Maschinen und Waffenarsenale zu verkaufen, die sein Konzern herstellte – notwendig war. Einzig die permanente Aufrüstung vermochte das prekäre Gleichgewicht des Schreckens zu erhalten. Daß manche dieser Waffen mißbraucht würden, verstand sich von selbst. Nicht jeder besaß genügend Charakterstärke, das Notwendige zu tun, in diesem Fall Menschen und Eigentum vor der Zerstörungswut der Chaoten zu schützen, würde er seiner aufgewühlten fünfzehnjährigen Tochter erklären, nachdem sie zum ersten Mal miterlebt hatte, wie Polizisten mit Schlagstöcken auf jugendliche Demonstranten einprügelten, kaum älter als sie selbst, die sie bis dahin für bedauernswerte Schulversager gehalten hatte, auf die sie mit einer Mischung aus Verachtung und uneingestandener Faszination herabsah. Aber davon wußte Merete im Sommer 71 noch nichts. Siehst du, sagte ihr Vater und zeigte auf die ruhige dunkle Fläche des Mittelmeers, das ist der Gott der Wahrheit, tief und undurchdringlich wie die Augen deiner Mutter, *n'est-ce pas, ma belle?* Meretes Mutter seufzte. Und dort, fuhr er fort, nahm Meretes weichen Kinderarm und streckte ihn, so daß er Richtung Ozean zeigte, wohnt der Gott der Lüge. Er beugte sich vor und küßte Meretes Mutter auf die Wange.

»Und sie kämpfen immer«, fragte Merete.

»Immer«, sagte ihr Vater, »Tag und Nacht. Nur wenn ein Mensch hinausschwimmt und sich den Göttern opfert, geben sie für kurze Zeit Ruhe, und die Wasseroberfläche wird glatt wie deine Haut. Doch das Beunruhigendste daran ist, daß es vollkommen unmöglich ist, festzustellen, welcher von beiden das Opfer verschlingt, der Gott der Wahrheit oder der Gott der Lüge.«

»Hör auf, dem Kind solchen Quatsch zu erzählen«, hatte Meretes Mutter gesagt, »siehst du nicht, daß es sie komplett überfordert?«

Hör auf, solchen Quatsch zu denken, dachte Merete, und dann fiel ihr die alte stahlblaue Haushaltsleiter ein. Sie stand noch immer im Keller ihres Elternhauses in Zürich. Auf die Rückseite der obersten Stufe hatte sie in der ersten oder zweiten Klasse mit wasserfestem Filzstift »hell beleuchtet« und »hell erleuchtet« exakt untereinander geschrieben. Sie hatte ihre Mutter gefragt, ob es einen Unterschied gebe zwischen den beiden Wörtern und wenn ja, welchen. Sie erinnerte sich nicht, was ihre Mutter geantwortet hatte.

Damals in Tarifa war sie ungefähr sechs Jahre alt gewesen. Vater und Mutter hatten zuvor schon gestritten, wie immer sprachen sie dabei französisch. Padewantell, zischte Mama, was »nicht vor ihr« hieß, wie Jeanette, das französische Kindermädchen der Nachbarsfamilie, gesagt hatte, und wie immer war Merete deshalb überzeugt, daß die Eltern sich bloß ihretwegen stritten. Irgendwie war sie den Eltern entwischt und trotz Sturmwarnung hinausgeschwommen. Wenn die streitenden Götter sie verschluckt hätten, würde sie vom Himmel herab sehen, ob Vater die Wahrheit sagte.

Später hatte er ihr erzählt, daß sie ihn in den Unterarm gebissen und um sich geschlagen habe, außer sich vor ohnmächtiger Wut, als sie begriff, daß sie nicht tot war, sondern gerettet.

Das mit dem Opfer war Unsinn. Viel eher, dachte sie jetzt, war es umgekehrt; die Menschen brauchten die Idee des Opfers und ihre Verwirklichung, den täglichen Blutzoll weit weg irgendwo in Asien oder Afrika, um sich angesichts der Natur, auch und vor allem der menschlichen Natur, ein bißchen weniger ohnmächtig zu fühlen; sind wir nicht alle insgeheim erleichtert, dachte sie, über jede Katastrophe, die eintritt, wenn sie nicht zufällig uns selber trifft und vielleicht sogar dann?

Weit draußen am Horizont lagen wuchtige Tanker und Frachtschiffe mit Tonnen von Rohrzucker an Bord, die sie von hier aus in die halbe Welt verteilten. Durban, an der fruchtbaren Ostküste Südafrikas gelegen, war der größte Hafen des Kontinents. Auf der ganzen Länge der Golden Mile ragten Dutzende von schmalen Piers in den Indischen Ozean, und bald würde man den ersten Surfern bei ihren abenteuerlichen Wellenritten zusehen können.

Irgendwo da draußen lag Andreas, aber es war nicht mehr Andreas, es war nur noch ein Stück Fleisch, das bald verschwinden würde, wie Andreas verschwunden war und mit ihm auch all seine Gedanken, seine Liebe, sein Haß, seine Lächerlichkeit, seine Fähigkeiten, sein Ungenügen, sein Schmerz darüber und seine ganzen Erinnerungen. Sie würde es den Kindern erzählen müssen, seiner Mutter, Helene, ihren eigenen Eltern, Dominik, seinen Freundinnen und Freunden, seinen Kolleginnen und Kollegen von der Uniklinik, den Nachbarn und sich selbst. Selbstmörder, dachte sie, flößen den Menschen, die sie geliebt haben, kein Mitleid mehr ein, nur Grauen, Lähmung, Schuldgefühle, Kummer und Wut.

Am Morgen des achtundzwanzigsten September hatte Andreas noch ein Kind auf die Welt geholt. Das dritte Kind der jungen Syrerin war ein kleines, milchweißes Mädchen. Fünf Minuten zuvor hatte es noch gelebt, wenn die Herztöne auch schwach waren und verlangsamt.

Das syrische Ehepaar, erfuhr er, lebte seit Jahren illegal in der Schweiz; der Mann arbeitete im Sommer als billige Hilfskraft schwarz auf Baustellen, die wie unheilbare Geschwüre an immer neuen Stellen des Stadtkörpers aufbrachen. Im Winter trug er für einen Freund Zeitungen aus oder half aus am Falafelstand am Röschibachplatz. An diesem Morgen war er mit den beiden größeren Kindern mit dem Bus zum Hauptbahnhof gefahren. Sie wollten den Zügen zusehen, wie sie in die Welt hinaus fuhren. Eine Nachbarin, vor deren Wohnungstür Asma Al Kari mit einer schweren Gestose zusammengebrochen war, hatte den Krankenwagen gerufen.

Als die schmale Sechsundzwanzigjährige nach dem Notkaiserschnitt erwachte, ballten sich ihre Hände zu Fäusten – wie die Hände eines Neugeborenen es taten –, und sie schlug mit verzweifelter Kraft gegen ihre eigenen Schläfen. Wenn Andreas und Merete sich stritten, schlug Merete manchmal ihren Kopf und die Fäuste gegen die Wand, bis sie Beulen hatte und blaue Flecken; dann war sie erschöpft und schien auf eine irritierende Art glücklich, als hätte ihr innerer Schmerz endlich einen Ausdruck gefunden, der ihn legitimierte. Andreas packte die Handgelenke der Frau und drückte sie ins Kissen.

»Es tut mir sehr leid«, sagte er, »wir waren zu spät. Sie

wären beinahe selbst gestorben. Möchten Sie Ihre Tochter sehen? Sie sieht friedlich aus, als würde sie schlafen.«

Die Frau öffnete die Augen, die schwarz waren vor Angst, Haß und Schmerz, und sie sah Andreas an, als sei er der Mörder ihres Kindes, den sie selbst bestellt und bezahlt hatte. »Hören Sie mir gut zu«, sagte sie; »ich habe kein Kind. Dieses Kind gibt es nicht. Also werfen Sie es weg.« Dann begann sie lautlos zu weinen; nicht vor Schmerz über das tote Kind, dazu fehlte ihr die Kraft. Sie weinte, weil sie keine Krankenversicherung hatte und nicht wußte, wie sie die Rechnung bezahlen sollten, und sie fürchtete, sie würden alle aus der Schweiz nach Syrien ausgewiesen, in ein Land, das ihren Vater Imad wegen angeblicher Aufwiegelung der Bevölkerung seit fünfzehn Jahren gefangenhielt. Die ersten Elektroschocks waren so heftig, daß er ein halbes Jahr lang bei jedem erzwungenen Gehversuch einknickte und umfiel. Asma hatte ihm, als sie noch bei ihrer Mutter in Damaskus lebte, jedes Jahr einen dunkelroten Pullover für den Winter gestrickt, zum Zeichen, daß sie an ihn dachte. Der Vater saß klein und gekrümmt auf dem Besucherstuhl, und seine erloschenen Augen leuchteten in hündischer Dankbarkeit auf, wenn sie ihm den Pullover mit ausgestreckten Armen entgegenhielt. Nach einigen Jahren kaufte sie zehn identische Pullover im Laden und brachte sie einen nach dem andern ins Gefängnis, und Imad bedankte sich wie früher.

Ihre beiden ersten Kinder hatte sie zuhause auf die Welt gebracht. Andreas schrieb ihr die Adresse einer Beratungsstelle für Migrantinnen auf einen Zettel. Sie brauche nichts zu befürchten, sagte er ihr, er werde das alles regeln. Dann avisierte er eine Krankenschwester, sie solle die Frau auf die Bettenstation verlegen und gut auf sie aufpassen, es bestehe Fluchtgefahr, und das könne nach einem Kaiserschnitt und der Gestose tödlich sein. Draußen, vor der Frauenklinik des Universitätsspitals, ging die spätsommerliche Stadt in der Dämmerung unter, und es roch nach einem spätherbstlichen Gewitter, das sich noch nicht vom Himmel gelöst hatte.

»Ich weigere mich, mich dafür zu schämen, daß ich einfach glücklich bin.« Merete hatte den Fernseher eingeschaltet. Es war der 11. Mai 2004. Sie hatte sich durch die Programme gezappt und war an Nicoles Gesicht hängengeblieben. Nicole war Gast in einer Talkshow; vor zweiundzwanzig Jahren hatte sie in Harrogate gewonnen. Ihre Stimme klang leicht gepreßt, und ihre Stirn war frei von häßlichen Sorgenfalten. Sie war neununddreißig, und mit ihrer blonden Fönfrisur glich sie sich selbst aufs Haar. Seit fast zwanzig Jahren war sie glücklich mit einem Autoverkäufer verheiratet – sie hatten zwei hübsche Töchter –, und im November 03 hatte sie bei der ZDF-Wahl, in der die Fernsehzuschauer die hundert besten Deutschen der letzten hundert Jahren erkoren, Platz 72 erreicht.

Merete war ebenfalls neununddreißig. Sie wußte nicht mehr, wann genau sie zu schreiben angefangen hatte. Lange Zeit hatte sie sich gegen die »sonderbare Verhaltensstörung« gewehrt. »Eine sonderbare Verhaltensstörung, die jedes Gefühl in Buchstaben verwandeln muß und mit erstaunlicher Präzision vorbeizielt am Leben.« Das hatte W. G. Sebald geschrieben, ein deutscher Schriftsteller. In seinem letzten Roman hatte er die Überzeugung formuliert, daß »wir auch in der Vergangenheit Verabredungen haben und dort Personen und Orte aufsuchen müssen, die jenseits aller Chronologie in einem Zusammenhang stehen mit uns.« Am 14. Dezember 2001 war er bei einem tragischen Autounfall in Norfolk, wo er seit dreißig Jahren gelebt hatte, ums Leben gekommen.

Jonathan und Severin waren trotz all der Aufregungen früh eingeschlafen. Am Wochenende waren sie umgezogen, aber die meisten Möbel waren noch in der alten Wohnung am Käferberg. Jeder Schritt hallte in den hohen leeren Räumen. Nachdem sie Mara nochmals gestillt hatte, so daß sie hoffen durfte, nicht vor vier Uhr morgens geweckt zu werden, hatte sie sich auf den blauen Linoleumboden vor den Fernseher gelegt. Meretes Vater hatte ihr mit einem großzügigen Erbvorbezug den Kauf der Wohnung ermöglicht. Die Siedlung war neu, sie umfaßte vier Häuser mit insgesamt mehr als fünfzig Wohnungen und lag eingequetscht zwischen den Gleisen der Sihltalbahn und einer stark befahrenen Straße, dabei sehr zentral, in kaum zehn Minuten Fußweg erreichte man den Paradeplatz. Die Wohnungen waren gut isoliert und architektonisch ansprechend, die Fenster waren breit und hatten allesamt Raumhöhe, so daß man sich in einem Aquarium wähnte, wo man gleichzeitig beobachtete und beobachtet wurde. Das Gelände hatte bis vor ein paar Jahren zu einer kleineren

Brauerei gehört, die an eine größere Brauerei verkauft worden war; das ehemalige Produktionsgebäude thronte hoch über dem Areal. Es war schon entkernt worden und sollte zu einem Wellnesscenter umgebaut werden. Nachts patrouillierten Securitaswächter, und einige der größeren Kinder besuchten teure Privatschulen, die zweisprachig unterrichteten, deutsch und englisch. Es gab junge Familien mit Babys, und Merete staunte, daß sich Endzwanziger solche Wohnungen leisten konnten und auch der Gedanke an eine komplizierte Scheidung sie nicht vom Kauf abgehalten hatte. Wohneigentum führte fast zwangsläufig dazu, daß die Wohnungen mit Verlust verkauft wurden und die Eheleute sich in zwei bescheidenen Mietwohnungen wiederfanden, während die Kinder hin- und hergeschickt wurden, als wären sie Weihnachtspakete. Statistisch gesehen würde jede zweite Ehe in die Brüche gehen. (Allerdings hatte sie kürzlich gelesen, daß die Scheidungsrate signifikant tiefer lag, wenn ein Ehepaar gemeinsames Eigentum erworben hatte, sie war nur noch halb so hoch.) Aber Männer und Frauen, die nur zehn Jahre jünger waren, schienen einer anderen Generation anzugehören. Einer Generation, die wendiger und schneller war als ihre eigene, dabei auf eine irritierende Weise konservativ; Anwältinnen und Consulter, die es problemlos schafften, haushälterisch mit ihren Gefühlen umzugehen, und stolz darauf waren, ein gut geschmiertes Rädchen im Wirtschaftskreislauf abzugeben. Und an der Streetparade jagten sie sich den raschen, gleichförmigen Puls der Technomusik durch die gestählten Körper, die einstimmig nach Love, Peace and Happiness schrien. Der Sex, den sie hatten, war weder bedrohlich noch verklemmt, sondern eine angenehme Variante des Fitneßtrainings, dem sie über die Mittagszeit in hell beleuchteten Sporttempeln huldigten.

Meretes Wohnung lag im ersten Stock. Die Häuser waren einige Meter unter das Niveau der Straße gesetzt, so daß Merete links und rechts vom Fernseher die Lichter der Autos sah, die in Augenhöhe vorbeifuhren. Mara war Peters Tochter. Sie waren übereingekommen, daß es für alle Beteiligten besser war, wenn sie nicht zusammenlebten. »Schriftsteller sind asoziale Wesen«, hatte Peter gesagt, »sie müssen es sein. Kleine gequälte Monster, süchtig nach jedem Fitzelchen Stoff, den sie sich gierig einverleiben, und wenn er noch so abgenutzt ist. Ihrem Werk opfern sie alles, sogar sich selbst. Ihre Welt besteht nur aus Wörtern, mit denen sie den Dingen nachjagen, bis sie sich zeigen. Dann wollen sie plötzlich alles umdrehen. Der Text soll den Autor betrachten. Als hätte nicht er den Text geschrieben, sondern der Text ihn. Und genauso ist es natürlich. Der Text schafft eine Realität, die stärker ist als du selbst; er weiß mehr, als du je wissen wolltest. Deswegen habe ich aufgehört damit.«

»Cause my imagination is much stronger than I probably am«, sagte Merete, »diesen Satz habe ich Andreas ganz am Anfang geschrieben.«

»Und glaubst du wirklich«, fuhr Peter fort, »Andreas würde sich in deinem Roman wiedererkennen, wenn er noch lebte? Eine Figur, die du zusammengekleistert hast aus tausend Einzelheiten, von denen du selbst nicht mehr weißt, woher du sie genommen hast?« Merete hatte geschwiegen. Sie dachte daran, daß sie Jonathan und Severin nicht die Wahrheit gesagt hatte. Sie hatte ihnen erzählt, Andreas sei ertrunken. Severin hatte schon mit fünf Jahren schwimmen gelernt; Jonathan hingegen weigerte sich bis heute, auch nur einen Fuß in den Zürichsee zu setzen. Es gab keinen richtigen Umgang mit dem, was geschehen war. Es gab nur die Möglichkeit, weiterzuleben.

Merete stellte den Fernseher aus. Sie putzte sich die Zähne und legte sich neben Mara. Mara atmete ein und sie atmete aus, und von Zeit zu Zeit flog ein flüchtiges Lächeln über ihr Gesicht; genau so sah aus: Als fliege es über sie hinweg.

Thomas Hürlimann
Fräulein Stark
Band 15548

Der Stiftsbibliothekar hat während eines langen Sommers seinen Neffen zu Besuch. Um den kostbaren Boden des barocken Büchersaals zu schützen, soll der Nepos an die Besucher Filzpantoffeln austeilen. Der Junge merkt bald, daß sich ihm Welten öffnen – die Welt der Bücher und des anderen Geschlechts. Fasziniert beginnt er zu lesen und wagt es, scheue Blicke unter die Röcke der Besucherinnen zu werfen, die bei ihm in die Pantoffeln schlüpfen müssen.

Thomas Hürlimanns »Fräulein Stark«, vom Feuilleton als Sensation gefeiert, wurde mit über 100.000 verkauften Exemplaren zum Bestseller.

»Ein geradezu hinreißendes Buch.«
Frankfurter Allgemeine Zeitung

Fischer Taschenbuch Verlag

fi 15548 / 1

Thomas Hürlimann

Das Gartenhaus

Novelle

Band 14688

Ein kleines Meisterwerk – so lautete die einhellige Meinung der literarischen Kritik über Hürlimanns Novelle, eine Geschichte um Alter, Liebe und Vergänglichkeit. Nach dem Tod des einzigen Sohnes entwickeln sich zwischen dem Vater, einem pensionierten Obersten, der für einen Rosenstock als Grabschmuck plädierte, und der Mutter, die einen Granitfelsen setzen läßt, die eigentümlichsten Rituale.

»Was dem Autor gelungen ist, ist tatsächlich einmalig in der deutschsprachigen Gegenwartsliteratur. Ein Stoff wird leicht und schön, zugleich spannend, abwechslungsreich und überdies höchst tiefsinnig erzählt.«

Hann. Allgemeine Zeitung

Fischer Taschenbuch Verlag

fi 14688 / 1

Peter Stamm

Agnes

Roman

Band 17912

»Glück malt man mit Punkten,
Unglück mit Strichen ... Du musst, wenn du
unser Glück beschreiben willst, ganz viele kleine Punkte
machen ... Und dass es Glück war, wird man erst
aus der Distanz sehen.«

»Ein faszinierender literarischer Ernstfall.«
Neue Zürcher Zeitung

»Stamms literarisches Debüt ist ein so
sensibles wie lakonisches Kammerspiel über versuchte
Nähe, gelingende Liebe, metaphysisches Unglück
und sanftes Entschwinden.«
Jochen Hieber, Frankfurter Allgemeine Zeitung

Fischer Taschenbuch Verlag

fi 17912 / 1

Markus Werner

Am Hang

Band 16467

»Ein großartiges Buch ... Hut ab vor Markus Werner«
Elke Heidenreich, Lesen!

Aus einer vielleicht nicht zufälligen Begegnung zweier Fremder entwickelt sich eine Parabel über das Leben, die Liebe, die Treue – und ein kriminalistisches Abenteuer, das am Pfingstsonntag ein ungeahntes Ende nimmt.

»Markus Werner ist ein glänzender, unterhaltsamer und lebenskluger Erzähler ... Er gehört zu den besten deutschsprachigen Schriftstellern seiner Generation.«
Marcel Reich-Ranicki, Der Spiegel

Fischer Taschenbuch Verlag

fi 16467 / 1

Katharina Hacker

Die Habenichtse

Roman

Band 18971

Isabelle und Jakob treffen sich am 11. September 2001 nach Jahren auf einer Party in Berlin wieder. Sie verlieben sich, heiraten und bekommen die Chance, nach London zu ziehen, wo Jakob – Schicksal? Zufall? – eine Stelle in einer Anwaltskanzlei antritt, die eigentlich für einen Kollegen vorgesehen war, der bei den Anschlägen auf das World Trade Center umgekommen ist.

»Hacker lotet die seelischen Abgründe ihrer Figuren aus – ihr Gewaltvermögen, ihre Begierden, ihre Verunsicherung, ihre Schuld und ihre Schande. Die Prosa Hackers ist herausragend. Auf bewundernswerte Weise erkundet sie unser modernes urbanes Leben, von den rastlosen Habenden bis zu den verzweifelten Habenichtsen.«

Publishers Weekly

Fischer Taschenbuch Verlag

fi 18971 / 1

Viola Roggenkamp
Tochter und Vater
Roman
Band 19049

Nach ihrem Bestseller ›Familienleben‹
schreibt Viola Roggenkamp die Geschichte der
deutsch-jüdischen Hamburger Familie fort.

Paul war kein Held, urteilt die Tochter über ihren Vater. Und ausgerechnet er hat seine jüdische Geliebte und deren Mutter vor der Deportation gerettet: Papiere gefälscht, die Gestapo in Berlin ausgetrickst und in Krakau im Schleichhandel Geld gescheffelt auf Kosten der Nazis. Wie hat er das gemacht? Genügt es, verliebt und jung zu sein? Er hatte Angst, und er war nur ein kleiner Angestellter. Um auf seiner Beerdigung eine Rede zu halten, spürt die Tochter seinem Leben nach und gerät dabei in eigene Katastrophen. Viola Roggenkamp erzählt ebenso leicht wie bildmächtig die Geschichte einer Vater-Tochter-Beziehung und die Suche nach der Vergangenheit als Weg ins eigene Leben.

»Ein beunruhigendes, sehr lesenswertes Buch.«
Ruth Klüger, Literarische Welt

Fischer Taschenbuch Verlag

fi 19049 / 1

Silvia Bovenschen
Älter werden
Notizen
Band 17532

Silvia Bovenschen spitzt Ereignisse und Erlebnisse aus Kindheit, Jugend und späteren Zeiten zu, die ihr das Altern ins Bewusstsein brachten. Sie ruft die prägenden und auch komischen Begegnungen mit Vergänglichkeit, Tod und Teufel, mit Zuversicht, Glück und Sehnsucht auf und misstraut doch zugleich der Erinnerung, die mit goldenem Pinsel malt.

»Ein Buch, das in der Hand zu glühen scheint, bevor es ein gedankliches Feuerwerk im Kopf entfacht.«
Felicitas von Lovenberg,
Frankfurter Allgemeine Zeitung

Fischer Taschenbuch Verlag

fi 17532 / 2